モラル

梅田 雅樹
Masaki Umeda

文芸社

contents

モラル

ある夏——。大鳥圭介《おおとりけいすけ》のグループ十人は、朝早くからワゴン車二台に荷物を積んでいた。

「何カ月ぶりかの連休だからな、すっげー嬉しいよ！　なあ、菱川《ひしかわ》」

「やっと休みが取れたもんなぁ。同感だぜ！」

菱川完治《かんじ》は、朝からテンションが高い。

「ねぇ？　こっちの水着とこっちの水着、どっちが似合うかな？」

島井英子《しまいひでこ》と山内桃子《やまうちももこ》は水着のことで頭がいっぱいのようだ。

「どっちでも同じだろ？」

つぶやく菱川。

「あー、言ったなーこいつ！」

「どひゃ〜」

「よし、そろそろ準備はいいな。みんな乗れよ。発車するぞー」


二時間半後、目的地に着いた十人は車から急いで降りた。

「着いたー。結構長かったな！　う〜、腰痛〜」

「菱川、アンタ、ジジイ？」

そういう新田奈々美《にったななみ》も体をつらそうにしている。彼女が連れてきた犬の太郎も長旅だと感じたのか、車が停まってほっとしているようだ。太郎と一緒に真っ先にワゴン車から降りた奈々美は思い切り伸びをし、太郎を抱きしめた。

太郎も嬉《うれ》しそうに吠《ほ》えている。

「おいおい、荷物降ろすのが先だろ。ったく!!」

「どっちが似合うかなー?」

英子は二つの水着を交互に胸に当てて、首をかしげている。

「まだ言ってんのかよ!」

呆《あき》れた顔で言うと、菱川は大鳥と桃子とテントを広げ始めた。


二台目のワゴン車の中では、坂井拓実《さかいたくみ》と横川友子《よこかわともこ》が手を握り合い、お互いの肩に頭を乗せたりしてイチャイチャしている。

その後ろで吉田誠次郎《よしだせいじろう》、西岡信也《にしおかしんや》、笹波久美《ささなみくみ》の三人はゲームに夢中になっている。

「ねえ、そっちの車のみんな。イチャついたりゲームばかりしてないで、アンタたちも手伝ってよ!」

大きな声で桃子が言う。

「うるせぇな。オレたちのジャマすんなよ」

「キャハハ。ジャマ、ジャマ」

坂井と友子は桃子に見せつけるように、お互いに思い切り体を密着させた。

「ゲーム、今キリが悪いんだよ。あと十五分待って……なんちゃって」

吉田はおどけて言いながら、西岡と一緒に久美が持っているゲームの画面を食い入るように見ている。

「おい！　久美できたかよ？」

「もうちょい。それ！　うりゃ！」

久美は夢中で攻撃ボタンを押している。

「まったく……しょうがない人たちね。奈々美ー、奈々美ー、手伝って！」

「今忙しいの。もうちょっとあとでねー」

「遊んでるくせに！」

「太郎！　向こうまで競争しよっか？　位置について……ヨーイ、ドン！」

太郎は奈々美の合図で楽しそうに走り出す。奈々美も太郎を必死で追いかける。

「あー、太郎ー、待ってー！　はぁ、はぁ、アンタ速すぎるわ。ちょっと離れすぎたかな……ん？」

太郎を追いかけてきた奈々美の前方、森の中に、一軒の家があった。近づくと、玄関に異様な貼り紙があるのが見えた。

「えっと……『この家の中では〝歩く〟〝走る〟〝しゃべる〟〝食べる〟以外の〝常識的〟な動きをしてはいけない。もしした場合、〝非常識〟になる。そして大人数でしか入れない』……何、この貼り紙？　変なの」

奈々美はドアを開けようとしたが、ドアはビクともしない。

「……大人数じゃないと入れないって……大人数だと入ってもいいいってことだよね？　みんなを呼んでこよっか？　行こ！　太郎」

奈々美は太郎を連れて駆け出した。

「ねぇねぇ、みんな！　みんな！」

「奈々美！　アンタどこ行ってたの？　もう準備しちゃったわよ。ほかの連中はほとんど手伝わないし……」

桃子はプリプリ怒っている。

「ゴメーン……それよりさ、ここから七分ぐらい行ったところにさ、すごく大きな家があったよ。誰か知ってた？」

ここは彼ら十人にとって、おなじみのキャンプ地だったが、「知らねーよ」「知らなーい」と皆口々に答えた。

「奈々美、どうかしたの？」

「それが、何か変な貼り紙がしてあってさ、必要以外の常識的な動きをすると非常識な人間になるって。大人数じゃないと入れないって書いてあったの……変な貼り紙よねー。それで、みんなを呼びに戻ってきたわけ。でもさーちょっと興味あると思わない？　なんだか不思議な雰囲気の家なのよ。私だけじゃドアが開かないの」

「本当に大人数で行ったら、自動でドアが開いたりして。ちょっと面白そう。ねぇ、行ってみようよ」

すぐ乗ってくるのは、ゲーム好きの吉田だ。

「んー、もうすぐお昼だし、ご飯食べてからね！　さあ、お弁当配るよー」

しっかり者の桃子が仕切る。

「俺ら車内で食うよ」

西岡は、ゲームに戻りたいという気持ちを隠そうとしているのがバレバレだ。

「えー、なにそれー！　せっかくキャンプに来てんのに、みんなで食べなきゃおいしくないじゃん！　ねえ、Bチーム諸君」

桃子は不満げな顔をしながら、二台目に乗った五人をざっくりまとめて言った。

「誰がBチームだよ？」

と、吉田が口をとがらせる。それを見て見ぬふりをして、桃子は友子と坂井にも声をかけた。

「友ちゃんと拓実君はどうする？」

「二人きりにさせろ」

坂井は友子の肩を抱き寄せながら言う。

「キャハハ！」

友子は嬉しそうに笑っている。

「もー、しょうがない人たちね、お弁当、ここに置いとくね！」

桃子は五人分の弁当を車のシートに置いた。

菱川、大島、奈々美、英子、桃子は森の中にシートを敷いて座り、弁当を食べた。

「こういうところで食うメシは何を食べてもうまいなぁー」

菱川が満足そうに言う。

「さて、ご飯も食べ終わったことだし……」

奈々美はニヤッと笑って皆を見た。

「フー。なんだよ、奈々美？　ニヤッとして」

「その変な家に行きたいんだろ？　わーったよ！」

仕方なさそうに菱川が言った。

「よし！　腹ごなしに探検に行くか？」

「決まり！」

奈々美は目を輝かせている。

「じゃあBチームも呼んでくる。ねぇねぇBチーム、ご飯終わった？」

「だからー、誰がBチームだよ！」

吉田は不満たっぷりの声で言った。

「ハンバーグ弁当がよかったな……」

西岡がポツリとつぶやく。

「でも全部食べたじゃない！」

桃子は目ざとい。

「……ところでさ、私たち、探検に行くけど、アンタたちは？」

「ゲームしてたいな、このあとも。なっ？　久美」

笑顔で西岡が久美に同意を求める。

「うん！」

「アンタたち、ここに何しに来たのよ」

「うーん、俺はゲームやりに来ただけ」

「私も！」

嬉々《きき》として久美が言う。

「俺もかな⁉」

吉田が首をかしげる。

「ハァー……アンタたち、ただのアホだわ」

「なんだとー！　アホだとー‼　お前らだってゆっくりしに来ただけだろ？」

坂井が桃子に抗議する。

「そーだ、そーだ！　キャハハハハ」

友子は相変わらず何も考えずに笑うばかりだ。

「私たちはね、ちゃんとやることやってんの。手伝いもしないアンタたちとは違うの！」

「うるせー、ブス！　どっか行け」

毒づく坂井。

「そーだ、そーだ！　どっか行け。キャハハ」

「そういうわけだよ桃子君！　いや、Ａチーム」

吉田は勝ち誇ったように桃子に言う。

「……もういいわ……ちょっとついてきてもらおうと思ったのに……私たちだけで行くわ！」

桃子は、「Ｂチーム」を動かすのをあきらめて、大鳥たちのもとへ戻った。


「ヒデーやつらだなー。ちょっと聞こえたぞ」

菱川は呆れたように言う。

「あの連中はダメだわ。私たちだけで行こ！」

桃子、英子、菱川、大鳥は奈々美の案内で、うっそうとした森の中を歩き出した。

「こんな山ん中に家なんてあるのかよ」

「ホラ！　見えた」

古い洋館が見えてきた。

「ひゃ～ホントだ！　あった。デカイ家だ」

驚く菱川。

「でしょでしょ！　言ったとおりでしょ⁉」

奈々美は得意げだ。

大鳥はまじまじと家を見つめている。

桃子が貼り紙の前に進んだ。

「……この家の中では〝歩く〟〝走る〟〝しゃべる〟〝食べる〟以外の〝常識的〟な動きをしてはいけない。もしした場合、〝非常識〟になる。そして十人じゃないと入れない……それと……」

その声を聞いて、奈々美はギョッとした顔をする。

「あれ⁉　最初に見たとき、〝大人数じゃないと入れない〟って書いてあったのに、〝十人じゃないと入れない〟って書いてある。なんでだろ……」

「お前の見間違いじゃないのか？」

疑わしそうな顔で菱川が言う。

「ううん、たしかに大人数って書いてあったのよ」

「ホントかよ⁉　でも、今は十人だ。Bチームの残りの五人連れてくるしかねぇな」

「また私が呼びに行くの？　イヤよ、もう。あんな骨の折れる連中……」

桃子は口をとがらせている。

「いや、今度は俺たちも一緒に行くよ！　なんとか説得してみるさ」

「でも、そうまでしてこの屋敷に入る必要なんてないんじゃねぇか？」

菱川はめんどくさそうに言った。

「えー、行きたい！　行ってみようよ。すごく興味ある～」

奈々美は好奇心に目を輝かせている。

「はぁ～……」

大鳥は呆れて奈々美を見ている。

「まぁいいや。入るだけ入ってみようぜ！」

「じゃあ、Ｂチーム呼んでこよ」

菱川、大鳥、奈々美、英子、桃子の五人は来た道を大急ぎで戻った。

「ねぇねぇ、Ｂチーム」

「誰がＢチームだよ！」

吉田は相変わらず同じ突っ込みを入れる。

「あのさぁ、今五人で家見に行ったんだけどさぁ、貼り紙があって、十人じゃないと入れないって書いてあったの。それでさぁ、一緒に来ちゃったりしてくれないかなぁ？」

「なんだよ、さっきと口調が違うじゃねぇかよ？」

桃子をからかうように吉田が言う。

「だって、全然来る気ないじゃん」

「まぁ、行く気ないけどな」

「ホラァ……」

「なぁ？　話のタネでもいいから来てくれよ？」

「タダで行けって言うの？」

西岡が面倒くさそうに言う。

「じゃあ、何か条件があれば来てくれるか？」

「うーん……そうだな、五千円で手を打ってやる。あと、メシをいっさい手伝わないでいいっていう、この二つの条件をくれたらいいぜ！」

「賛成ー！」

「俺も！」

「五千円やるのとメシの手伝い抜きの条件？　そりゃちょっとぜいたくだな」

大鳥は眉をひそめた。

「嫌ならいいんだよ、オレたちそんなことどうでもいいし」

吉田は投げやりに言う。

「あー……わかったよ」

しかたないなあという顔で菱川が言う。

「マジかよ、お前！　五千円だぞ⁉　ガソリン代が消えるぞ」

「大鳥……しょうがないよ。ここは条件を飲もう」

「あ、嫌ならいいんだよ？」

余裕の顔で吉田が言う。

「分かったよ、千円ずつ出そう。一人千円ずつな」

「オレたちが切り出したんだ！　ここは従おう。坂井と友子も一緒に行ってくれるだろ」

菱川は頼むよというふうに坂井と友子を見た。

「俺たちは行かねぇぞ」

「じゃあ、一万出そう。それでダメなら一万五千円出すよ」

「悪くないんじゃない？　行こうよ拓実ー」

友子は金額を聞いて、がぜん行く気になったようだ。

「まぁ一万五千円ならいいか……家の中入るだけだからな」

「あー、ズルい。拓実君と友ちゃんだけ」

さっそく吉田が抗議する。

「じゃあ、お前らにも一人一万五千円ずつ……」

菱川は太っ腹なところを見せる。

「本当だな？　家帰ってから集金に行くぞ⁉」

吉田は顔を輝かせた。

「賛成！」

「文句なし‼」

久美と西岡も嬉しそうに同意する。

「この友情は終わりかもしれない……」

ぽつりと桃子がつぶやく。

大鳥、吉田、坂井、西岡、菱川、桃子、奈々美、英子、友子、久美の十人は、森の中を不思議な家に向かって歩き出した。道すがら、貼り紙の言葉の意味や、一回目と二回目では言葉が変わったことを話題にすると、否が応でも「お化け屋敷気分」が盛り上がる。

家が見えてくると奈々美は顔を輝かせた。

「ホラ！　あった。ねぇ、言ったとおりでしょ」

「ひぁ〜ホントに大きいな。まるで金持ちの別荘だ」

吉田は驚きの目で家を見上げた。

「あ！　これが例の貼り紙か」

西岡が貼り紙に気づき、菱川が読み上げる。

「この家の中では〝歩く〟〝走る〟〝しゃべる〟〝食べる〟以外の〝常識的な動き〟をしてはいけない。もしした場合、〝非常識〟になる。そして、十人じゃないと入れない……それと……」

「それと……いったいなんだよ」

おびえた表情で吉田が聞く。吉田は屋敷から十分な距離を取っていた。

「エロ本でも降ってくるんじゃねぇ、カッカカッカッ！」

「キャハハハハ！」

坂井のくだらない冗談に大げさに反応する友子。

「とにかく入ってみようよ！」

今まで無言だった英子が意を決したように言う。

「おっ！　やっと口きいたな」

「何よ！」

英子がドアを開けた。

「わぁー広い！　何この豪華さ。スゴイ！　シャンデリアがついてる！　ソファも大きい！　テレビまである。階段が二つある」

階段を上ろうとした桃子は、なんとも言えない違和感を覚えた。

「何か変な感じがしない？」

「感じた。なんだかビクッとした」

大鳥が不安げな顔で答えた。

「菱川は？」

「感じた。みんな、感じたんじゃないか？」

「キャハハハ、気のせい、気のせい！」

不安を吹き飛ばすように友子が笑い声を上げる。

「そうよ、そう」

奈々美も同調する。

「キャハハハ。私、疲れたから、とりあえず休むぅ」

友子がソファに座ると、友子の体に電流が走った。

「ア！　ア！　ア！　ア！　アアアッ！」

友子は激しく痙攣《けいれん》すると、グッタリとして動かなくなった。

「友子ー！　友子ー!!」

坂井は友子を必死で揺さぶるが、友子はなんの反応もしない。

「な……なんで……なんでソファに座っただけで、感電するんだよ……」

大鳥の顔が青ざめた。

「……まさか、あの貼り紙に書いてあるとおりになってるんじゃ⁉」

菱川が恐怖に満ちた顔で言う。

「な……なに⁉」

何者かの気配を感じ、一同が振り返ると見知らぬ男が立っていた。


「ハハハハハ‼　ぼくのテリトリーワールドにようこそ」

「だ……誰だ、こいつ⁉」

大鳥は激しく取り乱している。男の顔をじっと見ていた吉田は何かに気づき、恐る恐るたずねた。

「お……お前は、ひょっとして山下⁉」

「や……山下って……あの、オレたちが中学のときにイジメてた、あの山下か？」

西岡もうろたえている。

「やっぱり覚えてたんだ。そうだよ、君たちのような鬼に、昔さんざんイジメられた不幸な僕だよ」

山下は不気味な表情で、静かに言い放つ。

「なんでオレたちがキャンプに来ることがわかった？」

山下に挑むように吉田が言った。

「そんなこと、いちいち説明しなきゃいけないのかい？　君たちの跡をつけてきたのさ。そんでもって、この家は僕がこの能力を使うことによって広げられた家さ」

「こ……この能力って？　お前、いったい？」

「そうさ！　この中ではね、僕のルールに沿って動くしかないんだよ」

「友子ー！　友子ー！」

坂井はピクリとも動かない友子を抱いて絶叫した。

「坂井君！　君の彼女は僕のルールを無視して、動いちゃったからバチが当たったんだよ。坂井君！　君には、さんざんイジメられたから、その女が感電していい気分だって思ったよ。スッキリした。アハハハハ、バーカ！」

「山下ッ！　てぇめぇー!!」

山下に向かっていった坂井めがけて、ボールが飛んできた。

「痛ッ！　痛ってぇ!!　な……なんでいきなりボールが飛んできて当たるんだよ」

「アハハハハ!!　忘れっぽいよ君！　〝歩く〟〝走る〟〝しゃべる〟〝食べる〟以外の動きはできないんだよ」

「やっぱり、あの貼り紙のとおりになってるんだ」

大鳥が不安げな顔で言う。

「そのとおりさ！　この領域ではボクのルールに従ってもらう。さて、関係ない奴もいるけれど、これで君たちに、いつでもおしおきできることがわかったし、ゲームといきましょうか！」

「わ……私は全然関係ないわ。ただ、この人たちについてきて、この家に入っただけだから。おいとまさせてもらうわ」

久美は慌てて言った。

「わ……私も関係ないわ。人なんかイジメてないし……」

奈々美はドアに向かい、開けようとした。

しかし、ドアは開かない。

「開けて、開けて」

ガンガンとドアを蹴り始めた奈々美の足に激痛が走った。

「痛ッ！　痛ッたー!!」

あまりの痛さに奈々美はしゃがみこんでしまう。

「アハハハハ！　バカな女だなー。〝歩く〟〝走る〟〝しゃべる〟〝食べる〟以外の動きはダメだって言ったでしょ！　バカなんだからまったく。そして一度入ったら、僕を負かすか、僕に相当なダメージを与えない限り出られないんだよ。もっとも前者は無理だろうけど！」

「ダメージを与える？　どんなふうに？」

菱川は必死の表情だ。

「抜け出せる方法があるのか？」

「さぁねぇ、それは自分たちで考えて」

「そ……そんなぁ、私なんにもしてないのに~あんまりよー！」

　奈々美が泣き出した。

「カッカッカッ。泣け泣け！　僕は監視室で、君たちを見張ってる。いつでも挑戦してきていいよーん。アハハハハ。では！」

　山下はあっという間に消えた。

「あ！　待てコラッ!!」

「クッソー、あの野郎」

「奴はどこに行く気だ？」

「さぁな。監視室に行くとか行ってたな」

　何人かがいっせいに携帯電話などをポケットから取り出し、警察や消防に連絡をつけようとしたが、どの端末も真っ暗なままだった。

「なんだよ、これ！　おい、これからどうする？」

「さぁな……生きてここを出たいなら奴のルールに従って動くしかないだろう。挑戦してきていいよとか言ってたしな……」

「友子ー！　友子ー！」

　坂井は友子を抱きしめて泣いている。

「ようやくわかったようだね。そう、吉田の言うとおり！　これから君たちにこの領域でゲームをしてもらう!!」

山下の声が空間に響いた。

「ゲーム、だと……!?」

「そうゲームだ！　君たちには、この領域に散らばるブレスレットを取ってきてもらう。ブレスレットは全部で十個だ。この家の一階に五個、二階に五個だ。それを取って僕のところに持ってくるんだ。もっとも、全部持ってきても、ここから完全に出られる保証はないけどね。制限時間は無制限！　というわけでゲームの始まり始まり！　ハハハハハ」

「クックッソー、あの野郎!!」

吉田は悔しそうにこぶしを握りしめた。

「友子ー！　友子ー!!」

坂井は友子を抱きしめ、名前を呼び続けている。

「……坂井……あきらめよう……友子は死んだんだ……」

「うるせぇッッ！　お前らがこんなところに呼ばなければ、友子は死なずにすんだんだ!!」

坂井は皆を睨《にら》みつけた。

「な……なんだよそれ！　まるで俺たちが悪いような言い方だな」

「てめぇらがこんな家に入らなければ、友子は死なずにすんだんだよッ!!」

「なんだ、コラァッ！」

大鳥が坂井の胸倉をつかんだ。

「ちょっとやめなよ！」

「そうよ」

桃子と英子が止めに入った。しかし、坂井の怒りは収まらず、大鳥に殴りかかろうとしている。

「やめろって！　こんなとこで仲間割れしても、意味がないよ。それこそ奴の思うツボだって！」

冷静に菱川が諭す。

「菱川君の言うとおりよ。仲間割れなんてしてる場合じゃないと思う」

桃子も自分自身を、そしてみんなを落ち着かせようとして声を抑えた。

「まず、すべての話は、ここを抜けてからにしようぜ」

吉田もみんなの気持ちを一つにしようと言い添える。

「わたし、関係ないのに」

シクシク泣き出す奈々美を吉田が苛立たしげに睨んだ。

「奈々美、泣くのはやめて、抜け出すこと考えて」

桃子が優しく言うと、奈々美は「わかった」というように頷《うなず》いた。

「クソッ！」

坂井は頭を抱えた。

「よし！　まず、ブレスレットを探そう。あの扉の向こう側に恐らく、ブレスレットが点在しているはずだ！」

「一階に五個。二階に五個って言ってたわね！」

「なんでブレスレットなんだ。なんで集めるんだ。罠《わな》とかあるのか？」

「なんかのゲームに似てないか?」

ゲーム好きたちが一斉に話し出したが、吉田がまとめた。

「ゴチャゴチャ話してても始まらねぇ。早く行こうぜ!」

吉田は焦りを隠せない。

「ちょっと待て。大人数で行っても、手間がかかるだけだ! 二つのグループに分けたほうがいい。そのほうが早くすむ」

菱川が言った。

「なるほど! で、どう分けるんだ? 男女別とか?」

「いや、それじゃあ女性グループが力不足だから、何かあったときに困る。力がいるようなときとか」

「じゃあ、どう分ける?」

「そうだな。まず、大鳥とオレと桃子と奈々美と坂井の五人。吉田と西岡と英子と久美の四人。吉田と西岡は頭がいい。大鳥は坂井と喧嘩《けんか》するなよ!」

菱川がパッと分けると、全員が納得した。

「坂井……友子のことはショックだけど、まずは、ここを脱出しないことには警察も呼べない。前に進めない。今はここを抜け出すことを考えよう」

「作戦会議とチーム分けはできたかい? いつでも挑戦してきていいよ!」

山下の声が部屋に響く。

「てめぇ！　覚えてろよ！　絶対後悔させてやるからな‼」

大鳥は怒りに満ちて叫んだ。

「はいはい。無事に脱出できたらね。ハハハハハッ！」

「よし、行くぜ！　行くしかねぇ」

「ちょっと待て！」

歩き出そうとした吉田を菱川が止めた。

「なんだ？」

「注意事項がある」

「注意事項？　なんだよ⁉」

「必ず一人での行動は避けること。困ったら、必ず見て見ぬフリをするんじゃなく、助け合うこと！　いいな！」

「うん、わかった！」

桃子が頷いた。

「う……うん！」

奈々美も同意する。ほかの者も頷く。

「よし、行こう！」

菱川は決意に満ちた表情で言った。

「奴は必ずブッつぶそうぜ、坂井！」

大鳥が坂井の目を見つめる。

「わかった……」

「よし、じゃあ行くか！　扉を開けるぞ」

菱川がガチャリと扉を開けた。

「わ！　何だこれ……」

「廊下になってるよ。右にも左にも行ける。カーブしていて先が見えないね。どうする？　全員で、どっちかに行く？」

「さっき言ったグループごとに行動しよう。オレたちが左に行くから、吉田と西岡、英子と久美は右へ……」

「ちょっと待っててくれ！」

西岡は一人で廊下を右に走っていった。単独行動を避けるという、さっきの誓いは、あまり意味がなかったようだが、飛び出していったものは仕方がない。全員が中央で待つことにした。

しばらくすると西岡は戻ってきて、廊下を右に行くと突き当たりで、扉が一つあるが、それは開かなかったと報告した。

「そうか！　じゃあ、今度は俺らが左に行ってみるよ。お前らはここでちょっと待機しててくれ。何かあったら、大声で叫ぶから、そのときに駆けつけてくれ」

菱川は西岡を責めず、次の行動に移った。

「わかった。でも、あんまり、遠くに行くなよ、声が届かなくなるかもしれん。で、何分くらい、待ってりゃいい？」

「そうだな、十分くらいしたら来てくれ。ただし、必ず一人での行動は控えること！　いいな」

「わかったよ」

「よし！　じゃあ行ってくる！」

菱川を先頭に、大鳥、桃子、奈々美、坂井が続く。

「気をつけてね、桃ちゃんたち、奈々美も。何かあったら声出して」

英子が心配そうに言う。

「しかし、とんでもねーことになっちまったな。生きてここから出……」

「大鳥、それ以上は言うな！　先が暗くなる。今は前に進むことだけ考えよう」

菱川が大鳥の言葉を遮る。

「わ……わかったよ。あ、曲がり角になってんぞ⁉　二十メートルくらい歩いたか、今通ってきたところにブレスレットはなかったな……」

角を曲がるとさらに廊下が続いている。

「うわ！　広いな。この奥行き百メートルくらいあるんじゃねぇか……？　左側に窓がいくつかあるだけで、何にもねぇな⁉　お！　こんなところに扉がある」

「開けてみるか？」

「まさか、この向こうにブレスレットがあるんじゃ……」

「開けるのは、いいけど、中に入るなよ。一人での行動はダメだぞ」

「わかったよ。開けるだけだ！」

ガチャッ。

坂井がドアを開けた。

「どうなってんの？」

坂井はドアを閉めた。

「特に変わりはなかった……」

「前へ進もうか……!?」

「五十メートルくらい来たけど、窓がところどころにあるだけで特に変わりはなかった。本当にブレスレットなんてあんのかな……!?」

「あるね！　ブレスレットは一階に五個、二階に五個あるさ」

「山下……」

「てめぇ！　本当にブレスレットなんてあんのかよ。オレたちを騙《だま》してんじゃねぇのか？」

大鳥が怒鳴る。

「そんな口をきいていいのかな？　あとで痛い目に遭うよ！」

「大鳥！　こんなところで腹を立てても仕方ない、今はあいつの言葉を信用するしかない……」

「賢いねぇ菱川君！　君は優秀だよ。なぁ～んてね！　ハハハハハ」

山下の高笑いが響く。

「あの野郎ー!!」

憎悪に満ちた表情で大鳥がつぶやく。

「ねぇ、扉がもう一つあるんだけど、開けてみる?」

「一人では入るなよ!」

桃子がドアを開ける。

「どうなってんの、桃子?」

「特に変わりはない」

バタン。

桃子がドアを閉めた。

「はぁ~、本当にブレスレットあるのかな?」

「まだわからんさ」

「だいぶ来たな、曲がり角まで来ちまった。なぁ、今何分経ってる?」

「五分くらいだ」

「五分か……まだいいな……」

「ねぇ……どうするの? まだ、先に進む?」

奈々美が不安げに聞く。

「まだ、十分は経ってないだろ、もう少し様子を探ろう」

「ブレスレットも、見つけてないしな」

「うん、わかった」

「よし、曲がろう……」


「菱川たち、どうなってるかな?」

最初の扉のところで、吉田が心配げに西岡に言う。

「大きな声が聞こえてないから、まだ大丈夫じゃないか……?」

「なぁ、オレたちも、ちょっと行ってみねぇ?」

「ダ……ダメよう! 肝試しに来てるならわかるけど、今は、あの変質者の領域にいるんだから」

「でも、どっちにしても、ブレスレットを見つけるまで、出られないんだぜ。一階と二階に十個もあって、全部見つけるまで出られないんだろ。待ってても時間くうだけ。なぁ、ちょっと、行ってみようぜ。菱川たち見つけても、そっと後をついてくだけだからよ。行こうぜ! 西岡も久美も!?」

「う~ん……ちょっとだけならいいけど……」

「オレも」

「西岡君と久美ちゃんまで……」

「なぁ、行こうぜ英子?」

「うーん……ちょっとだけだよ!?」

「よし、決まり！」

吉田、西岡、久美、英子は待っている不安に耐え兼ねて廊下を歩き出した。

「えらい深い奥行きだな。二十メートルはあるなぁ……で、曲がり角になってると。ゲッ！　長い廊下だな。百メートルはあるぞ。ありゃ、誰もいない。あいつら、どこまで行ったんだ？　まあいいや、とりあえず、もう少し進んでみようぜ」

「ねぇ……もうやめようよ。これ以上勝手な行動は危険だよ」

英子は不安でたまらないらしい。

「危険だよって、まだ数十メートルしか来てないし、何も起こってないだろ」

「起こってからじゃ遅いし、それに、待ってろって言われてるでしょ!?」

「大丈夫だって！　……ところどころに窓があるけど、ただ森が見えるだけだなぁ。もちろん、窓はどれも開かないよね？　それにしても豪華な家だ。おっ！　こんなところに扉。開けてみようぜ」

「ダメだって、これ以上勝手な行動は……」

「どれ、ちょっとオレが開けてみるから、久美と西岡、入ってみてよ」

「えー、なんで、私たちが入らなきゃなんないの？　吉田君が入ってみてよ」

「そうだよ、吉田が入れよ」

「いいから、入れって！」

ドアに手をかける吉田。ドアは難なく開いた。

「ちょっと入ってみろよ！　いいから」

「しょうがないなぁ、ちょっとだけだよ」

西岡と久美が部屋に入るとバタンとドアが閉まった。

「おい〜、閉めるなよ〜」

「あれ⁉　なんで突然閉まったんだ？」

吉田が慌ててドアを開けようとするが開かない。

部屋の中でも、西岡がドアを開けようとしている。

「あれ、開かないぞ。なんでだ⁉」

「えー、うそー、やだー！　なんで開かないわけー」

「だから言ったじゃないッッ‼　勝手な行動はダメだってッッ」

「そんなこと知るかよー」

「ハハハハハハ‼」

山下の笑い声が響く。

「言わなかったけど、一度、その部屋に入ったら、入った側からは扉は開けられないんだよ。つまり、その二人は閉じ込められてしまったんだよ。ハハハハハハ‼　残念、ハハハハハハ‼」

「なんだって⁉　早く教えてくれよ‼」

「勝手な行動をした君たちが悪いんじゃないか。これは、単なる肝試しなんかじゃないんだから」

「クソ野郎め!!」

「ハハハハハ!!　残念」

「英子の言うとおりだった。悪かったな……」

吉田は自分の軽率さに意気消沈した。Bチームはこれで、吉田と英子の二人になってしまったのだから。

「ホントにも～！　今、菱川君たち呼んでくるから待ってて」

英子が歩き出した瞬間、「うわぁぁぁぁあっ！　きゃぁぁぁぁ!!」と悲鳴が聞こえた。

「な……なんの悲鳴ッ!?」

「いいから、とにかく菱川たちを呼んでこよう」

吉田と英子は駆け出した。


その頃、坂井、大鳥、菱川、桃子と奈々美の五人は長い廊下をさらに先に進んでいた。

「また、長い廊下だよ。ホントにあんの？　ブレスレット」

「なぁ、オイ、見ろよ!?　三つ目の窓のところ。ここだけ変だぞ」

「ホ……ホントだ。な……なんで、ここだけ棒が浮いてんだろ……？　なぁ、棒の先っぽに、あるのってブレスレットじゃないか？」

「ホントだ！　ホントだよ。やった、一個見つけた！　さっそく取ろうぜ」

「オレが取る！」

「慎重に取れよ、慎重に」

坂井が手を伸ばし、ブレスレットに触れた瞬間、坂井は感電した。

「わうッ‼　わうッ‼　わうッ‼　わうッ‼」

大きな叫び声を上げて、坂井は倒れ、動かなくなった。

その姿を見た桃子と奈々美は悲鳴を上げた。

「さ……坂井ー‼」

大鳥は坂井に駆け寄るが、坂井はピクリとも動かない。

天井から山下の声が響く。

「ハハハハハハハッ‼　忘れっぽいな君たちは。〝歩く〟〝走る〟〝しゃべる〟〝食べる〟以外の〝常識的〟な動きは〝非常識〟になるって言ったでしょ！」

「そうだった。わ……忘れていた」

「忘れっぽいんだから、ホントに」

「ちょっと待てよ……じゃあ、扉を開けるときは、常識的な開け方をしたのに、なんで、〝非常識〟＝バツが起きなかったんだ？」

菱川が天井に向かって声を上げると、山下は笑った。

「それは、サービスさ！　扉の開け閉めにいちいちバツを与えてたら、面白くないだろ！　ハハハハハハッッ。二人目、ＴＨＥ・エ〜ンド‼」

「お前は、ルールを変えて操ることができるのか？　例えば、扉の開け閉めくらいは、何度でも大丈夫とか!?」

「もちろん、それ一つだけだけどね。アハハハハ！　愉快！　愉快！」

「ク……クッソー、あの野郎!!」

大鳥の目が憎悪で燃える。

英子が不安げな顔をして追いついた。

「ねぇ……なんの悲鳴!?」

「さ……坂井が死んじまった！」

「な……なんで……!?」

「常識的な動きをしちゃいけないことを忘れてて、不用意にブレスレットを取ろうとしたら、感電して死んじまった……」

「そんな……」

青ざめた顔の英子に菱川が詰め寄る。

「どうして動いちゃったんだよ。十分待ってろって言っただろ!?」

「い……いや、私は、待ってようって言ったんだけどね、吉田君が、ちょっと動いてみようって言うから動いちゃって、そんでもって」

「な……なんで、そんな勝手な行動するんだよ……！」

大鳥も英子を責める。吉田の姿はない。英子は怖さのあまり走ってきたが、吉田は西岡と久美が閉じ込められた扉の近くにいるに違いないと思った。

「ゴ……ゴメン。ホントにごめんなさい……。そ……そう。あのね、来るときに一つ目のドアあったでしょ？　その扉の向こうに西岡君と久美ちゃんが閉じ込められちゃったのよ。ドアを開けようとするんだけど、開かなくて。それで、助けを呼びに走ってきたの！　それより坂井君が死んじゃったってホント？」

「ホントだ！」

大鳥は何度も坂井を揺さぶった。

「坂井ー！　坂井ー!!」

「駄目だ。死んでる……。次は俺だー！　次は俺だー!!　嫌だー、死にたくねー。死にたくねー！　嫌だー!!」

大鳥は狂ったように叫ぶ。そこへ、山下の声がダブる。

「ハハハハハハ!!　さすがに二人も死ぬとショックは大きいようだね。次は君かもしれないよ、大鳥ちゃん！　ハハハハハハハ」

菱川は取り乱す大鳥の肩に手をかけた。

「落ち着けって。大丈夫だ大鳥！　まだ抜け出せる」

「わ……わかったよ……」

「菱川君、君は本当に冷静で優秀だねー。その冷静さがいつまで持つかな？」

「うるせぇよ！」

「ハハハハハハハ！」

「坂井のことは、あきらめよう……」

菱川は悲しげに言った。

「坂井君の死は辛いけど抜け出さなきゃいけない！　今は、抜け出すこと考えようよ」

桃子もぽつりと言う。

「早く久美ちゃんと西岡君を助け出さなきゃ！」

全員で二人が閉じ込められた扉の前に戻ることにした。


「西岡ー！　久美ー！」

吉田は叫びながら何度も扉のノブを回していた。

「吉田ー！」

菱川の声がした。

「ん！　あれは菱川か？　こっちだー!!」

吉田が叫ぶ。

菱川は桃子に確認した。

「走るのはいいんだよな？」

「〝歩く〟〝走る〟〝しゃべる〟〝食べる〟のは大丈夫！　それ以外はダメ！」

「走るぞ！　吉田ー！」

菱川と桃子は息を切らせて吉田のところに着いた。

「西岡と久美が閉じ込められたって？」

「このドアの向こうだ！」

「西岡ー！　久美ー！」

菱川は大声で二人の名前を呼び、思い切りドアをたたいた。

扉の向こうからは西岡と久美が、「菱川くぅ～ん！」「吉田ー！」「英子ちゃんー」と呼んでいる声がする。

「菱川、ケリ入れようぜ！」

大鳥が体を構え始めた。

「ダメだよ！　今、ヤツのテリトリーの中にいるんだよ。坂井みたいになっちまう」

「じゃあ、どうすりゃいいんだよ」

「しょうがない、ほかの扉を探そう」

「な……何？　じゃあ、西岡と久美は、どうするんだよ……!?」

「無事を信じて、ほかの扉から探すしかないだろう」

「そんな可哀想……」

「ほかの扉から探すしかない。ドアを壊すわけにもいかないし、このまま待ってても、時間だけが過ぎてくだけだし……まだブレスレットも一個も取ってねぇ……」

「……わ……わかったよ！　けど、ちゃんと助け出してやろうぜ！」

「そのつもりだ！」

「ところで、どうする⁉　この人数で行動するのか」

「それしか、ないだろう。もう、絶対に不用意な行動はするなよ！　何が起こるかわからないんだから」

「うん！」

「わかった」

「よし！　行こう」

そう言った瞬間、吉田は何かを思い出した。

「あっ！　そう言えば、扉はもう一つあったんだ。そうだ！　そっから開ければよかったんだ。興奮してて忘れてた」

「この扉だ！」

吉田がノブに手をかけると、ガチャッと音を立てて扉は難なく開いた。

「おーいっ！　久美ーっ、西岡ーっ」

吉田は大声で二人の名前を呼ぶ。


「オイ‼　久美！　吉田の声がするぞ⁉　もう一つの扉のほうからだ！　行くぞ！」

西岡は、座り込んでいた久美の腕をつかんで立たせようとした。

「……吉田君？」

「そうだ！　もう一つ扉があったんだ。行こうぜ。おーい！　吉田ーっ‼」

「西岡ーっ!!　久美ーっ!!」

その瞬間、扉がバタンと閉まった。

「あれ!?　扉が閉まったぞ！」

「なんで……!?」

「アハハハハハハッ！　また登場ー、山下様ー！　言うの忘れてたけど、この扉は五秒で閉まっちゃうんだよ。五秒経つと、もう向こう側からも開かなくなっちゃうし、こっち側からも開かなくなっちゃうんだよ」

「な……何……!?」

「吉田君、ざ～んねんでした！　ア～楽しい。二人を探すのは、もうちょっと先になっちゃったね。アハハハハハ!!」

「じゃ……じゃあ、二人を探すのは、また別の扉からしかないってことか……」

「そういうことよ～ん！　菱川君。ハハハ」


菱川、大鳥たちは、自分たちがどう動いても山下の手の内であることに絶望的な気分になったが、じっとしているわけにはいかなかった。

「しょうがない……ここは、ひとまず、前へ進むことを考えよう。ブレスレットも取らなくちゃいけないし……」

「そうね」

英子たちも今や、菱川の言葉だけが頼りだ。

大鳥が言う。

「山下のクソ野郎に言われたんだけどよ、扉を開けるときぐらいは、〝常識的〟な開け方でいいんだとよ！　何回も同じ開け方でいいってよ！」

「オレたちも言われたよ。扉は入ったら、入った側からは開かないんだと。それと扉は五秒で閉まっちまうんだと。五秒経つと、もう向こう側からも、開けた側からも開かないんだ」

吉田も答える。

「……何？」

菱川は眉をひそめた。

「あの野郎、絶対ブッ殺してやる！」

大鳥は復讐《ふくしゅう》に燃える目をした。

「ああ！　俺もだ」

吉田も頷いた。

「冷静さだけは、失うなよ⁉　ワナにはまるからな！」

「お……おう」

「そして、一度経験したことは覚えておこう。同じこと繰り返さないようにな！　二人も死んでんだ……」

「わかったわ」

「うん」

「よし！　ブレスレットを取ろう」

「誰が取るの……？」

吉田が名乗りをあげた。

「オレが取るよ」

「気をつけろよ、取り方。〝常識的〟な取り方じゃダメだからな」

「わかってるって！　じゃあ、こういう取り方で取るか。よっと！」

吉田は逆立ちしてブレスレットを足に引っかけ、無事にブレスレットを手に入れた。

「よかったな。何事もなくて」

菱川は安堵《あんど》のため息をもらした。

山下は監視室で、薄ら笑いを浮かべながら、その様子を見ていた。

「なんとか一つ取ったか……。だが、まだまだ、これからだ。フフフ……」


閉まってしまったドアの前では、西岡と久美がなんとか脱出しようとドアノブを動かしていた。

しかし、ドアが開く気配はまったくない。

「ねぇ……どうする？　ドアが開かないんじゃ、ほかの通路から行く？　それとも……」

「下手に動いても、危険だ。もうしばらく待とう⁉」

「もうしばらくってどれくらい？」

「……十分くらいだ！」

「十分過ぎても、何も変化がなかった場合は……？」

「あいつらを探しに少し動こう」

「う……うん……」


「つ……次に行こうか……⁉」

ドッと疲れが出た菱川が途切れ途切れに言った。吉田は、無事に手にしたブレスレットを見つめながら菱川に言った。

「こ……このブレスレット、どうする？」

「持っておこう。何かの鍵になるかもしれない」

「よし！　次だ……」

「お……おい⁉　見ろよ、あのシャンデリア。あれだけ、ほかのシャンデリアに比べると少し下がってるぞ……⁉」

「何かあるな、調べてみるか？」

「けど、どうやって⁉　〝常識的〟な動きはできないし、取れるアイテムもない⁉」

「う～ん……そうだな」

「オ……オレはもう嫌だぞ。何が起こるかわからないし……」

大鳥はすっかり怖気づいている。

「あれもオレが取ろう！」

「だ……大丈夫か？」

「しょうがないだろ⁉　女に取らせるわけにはいかないし」

今、ここにいる男は菱川、吉田、大鳥の三人。女は桃子、奈々美、英子の三人だ。大鳥は自分のことで精いっぱいだから、危ない橋を渡るのは菱川か吉田ということになる。吉田は一つ目を取ったことで自信をつけていた。

「そうか、じゃあ頼む！」

「神様！　何も起こりませんように！」

「ど……どうやって取る気だ……？」

「そこの窓に足引っ掛けて、ジャンプして取る」

「そんな普通のやり方で取って、また何か起きたら、どうすんの？」

「じゃあほかに、どういう方法があるんだよ？　道具も何もないぞ！」

「たしかに……」

「イチかバチかだ！　しょうがねぇ……。足引っ掛けてと……よっ！」

吉田は思い切りジャンプした。

「う……うお！」

「あ……危ねぇッ‼　シャンデリアごと落ちる！」

吉田はシャンデリアとともに落下したが、うまくよけて無事だった。

「よっとっ!!　ふぅ〜……」

「ブレスレットはあるか?」

大鳥が心配そうに聞く。

「あ!　あった……」

「二つ目ね」

「やった!　やったわ!」


それを監視室で見ていた山下は悔しがった。

「くわっ!!　ふ……二つ目も取りやがったか。だ、だが、その取り方は〝常識的〟すぎるぜ……!　ククク……バツを起こしてやる……!!」

山下はニヤリと笑った。

「一階では残り三つよ。でも、普通の取り方したけど、何も起こらないなんて……」

桃子がつぶやいた瞬間、ゴゴゴゴゴという音とともに、何かが近づいてきた。

「な……今度は何!?　何かこっちに近づいてくる……!?」

近づいてくる物体を見た桃子は恐怖の表情を浮かべた。

「見えた!　ゲッッ!!　な……何あれ!?」

「巨大な鉄球がこっちに向かってくるッ!!」

「やっ……やっぱり、ただじゃ行かせてくれないよな!?」

「に……逃げろー!!」

「どひゃー!!」

「ど……どっちに逃げればいいの？」

「と……とにかく安全な場所を探して逃げろ!!」

「安全な場所って言ったってどこ？」

「とにかく逃げられる場所があったら、そこに避難しろ!!」

吉田は夢中で走っていく。

「ま……待ってよー！　置いてかないでー!!」

逃げ遅れた奈々美は鉄球にぶつかって、落とし穴に落ちた。

「キャアッ!!」

鉄球は逃げ惑う吉田も追いかけてくる。

「うわー！　カーブして、こっちに来る。ここに入るしかない!!」

吉田は廊下の横の部屋に避難した。

菱川も夢中で鉄球から逃げていた。

奈々美は鉄球にぶつかりはしたが、さほど大きなケガをせずにすんだ。

鉄球は執拗に菱川、大鳥、桃子を追いかけてくる。

「ぎゃあー、追っかけてくるぞー！　逃げるしかない。まだ、回転しながらこっちに来る!!」

「と……とにかく逃げよう！　ドアは、ドアはもう、ねぇのかよ!?」

大鳥が叫ぶ。

「オレに聞くなよ!!」

菱川も叫ぶ。

「無我夢中で逃げたから、わからないわ！」

「七十メートルぐらいは来たな」

「まだ、回転しながら、こっちに来る」

「どうする⁉」

「安全な場所を探すしかないだろ！　とにかく逃げろ!!　はぁ……はぁ……」

皆が夢中で走って逃げているうちに、鉄球は突然壁にぶつかって消えた。

「た……助かったぁ～!!」

「み……みんな無事か⁉」

「なんとかね……」

「あ！　奈々美と吉田君がいない⁉」

「何……⁉」

「逃げ遅れたんだ、きっと……」

「まさか、あの鉄球につぶされたんじゃ……」

「探しに行かなくちゃ……」

菱川、大鳥、英子、桃子が顔を見合わせたとき、山下の声が降ってきた。

「ハハハハハ‼　残念ながら、二人ははぐれちまったが、君たち四人は無事のようだね。今の鉄球は楽しかったかい？　ブレスレットと関係なくね。ハハハハハハ！」

「てめぇ！　山下ー‼」

大鳥が怒鳴る。

「ん～……なんだい？　くやしいけど、生き延びるためには、僕のルールに従うしかないはずだよ。ハハハハハ、じゃあねー‼」

「どうする⁉　二人を探すか？」

「放っておくわけにもいかねぇだろ⁉　ブレスレットも大事だけど、この中じゃ、一人になるのは危険だ……」

菱川はつぶやいた。

避難した通路で吉田は大きく息を吐いた。

「鉄球は行ったみたいだな。そう言えば、この扉は五秒したら、外側からも、内側からも、開かなかったんだっけ……向こうにも扉がある……あそこから出るか……」

吉田が部屋から出ると、廊下に落とし穴があいており、そこから声がする。

「えーん。誰か助けてー……！」

「だ……誰だ⁉　……誰だー‼」

「助けてよー！」

「な……奈々美ー！　お……お前？」

穴の中には奈々美が落ちていた。

「た……助けて！　吉田君！」

「わ……わかった。待ってろ……〝常識的〟な動きで助けちゃいけないからな……だ……誰かー……！　誰か来てくれー‼　……誰かー⁉」

「ん……⁉　何か今、声がしなかったか……⁉」

「え⁉」

菱川、大鳥、桃子、英子の全員の耳に、たしかに「誰かー……来てくれー……」という男の声が聞こえた。

「ほ……ほんとだ……」

「き……来たほうからだ……」

「も……戻る？」

桃子が探るような顔で言う。

「えー、オレもうやだよ、痛い目見るのは。何が起こるかわからねぇもんよ……」

大鳥は弱気なことを言う。

「でも、二人を放っておけないでしょ？」

「そうだけどよぉ……」

「怖いんなら、お前だけ、ここで待ってろ」

菱川は毅然《きぜん》と言い放った。

「えー……」

「そんなこと言うなら、一緒に来いよ」

「えー……」

「どっちなんだよ⁉」

「……わ……わかった。でも、ゆっくり行こうよ」

「じゃあ、ゆっくり行こう……」


「は……早く……早く助けてよ！」

奈々美はパニック状態になっている。

「〝常識的〟な動きはダメだから、足を出すし……か……ない！　奈々美、足に、足に捕ま……れ」

「早く……み……水が、水が上がり始めた……えーん……早くぅ……早く助けて……」

ウィーンと音を立てて穴の上部にあるシャッターが閉まり始めた。

「早く……上げてー、お願い！」

「くそ、あとちょっと……あとちょっとなのに……」

吉田はもどかしくてしかたがない。

山下の勝ち誇った声がした。

「フハハハハ！　残念だねェ……〝常識的〟な動きができないのが悔しいだろうねェ……でも、これが現実なんだよ、お二人さん！」

「クソ野郎め！」

「水が、増えてきてる、早く助けて！」

「ジャンプしろ、ジャンプッ！」

「ダメ！　届かないっ!!　……ヤダ！　こんなところで死にたくない。早く助けて〜！」

「クッソー、もう仕方ない！　こうなったら……バツよ当たらないでくれよ。よっ！　つ……捕まれ！　よし、捕まったな。よっこいしょ、よっこいしょ！」

吉田があきらめて常識的な動きで奈々美を引き上げようとしていたそのとき、弓矢が飛んできて、吉田の目に刺さった。

「キャァァァァ!!」

奈々美は悲鳴を上げ、その悲鳴が菱川の耳に届いた。


「だ……誰かの悲鳴だ！　来たところからだ。少し急ごう。心配だ！」

奈々美は落とし穴の中でパニクっていた。

「水がどんどん増えてきてる……水が腰まで……誰かー、誰か助けてー!!　嫌だッッ！　死にたくない。助けてー、誰かー!!」

奈々美の悲痛な叫びは、複雑な屋敷の構造を伝わって、一瞬どこから聴こえてくるのかわからなかったが、菱川たちは必死に声の方向を辿《たど》ろうとした。

「この角を曲がったところから悲鳴が聞こえる！」

「た……助けてー!!」

「奈々美の声だわ！」

「だ……誰か倒れてるぞ！」

大鳥が恐る恐る言う。

「助けてー!!」

助けを求める奈々美の願いもむなしく、無情にも落とし穴の上のシャッターは閉じられた。

「な……奈々美ー!!」

大鳥が倒れている人物を確認して青ざめた。

「よ……吉田！　し……死んでる……!?」

「そ……そんな。ま、また……」

山下の笑い声がした。

「ハハハハハハ！　ハイ、三人目！　死亡ー!!　ガクン……」

「も……もう嫌だー！　もうウンザリだー！　次は、次はオレだー!!」

大鳥の目は正気を失っていた。

「アハハハハハ!!　ブレスレットを取るどころか、三人も死人が出てしまっては、君たちに未来はないんじゃないか？」

「次はオレだ！　次はオレだ！　嫌だー!!　死にたくねー!!」

大鳥は頭を抱えてしゃがみこんだ。

「落ち着けって、落ち着けっ！」

菱川は大鳥の肩をつかんで必死になだめた。

「ワハハハハハハ!!　またねー！」

山下は勝ち誇ったように言った。


ドアの向こうにいる久美と西岡は不気味な物音を聞いた。

「ちょっとだけスゴイ音しなかった？」

「うん、なんだろ……」

「ねぇ？　今、何分経った？」

「んー!?　七分くらいじゃないか？」

「私たち、ここから出られるかなぁ!?」

「わからねぇなぁ……何にしても、はぐれちまったことは、間違いねぇからな……ん！　あれは何だ!?　……」

「な……何？　何、見つけたの？」

「……これは、ブレスレットじゃねぇか？　こ……こんなところにあるなんて」

ブレスレットが床に置いてあった。

「ホ……ホントだ。なんでこんなところにあるんだろう⁉」

「と……取ろうか？」

「ちょっ、ちょっと待って。〝常識的〟な取り方じゃダメっていうのは、忘れてないよね⁉」

「ああ、そうだった……よし！　足に引っ掛けよう。よいしょーと……取れたぁ！」

「やったぁ、やりィ！」

山下は悔しそうに言った。

「くああッ！　くぅっ‼　だ……誰かがまた、ブレスレットを取り外したみたいだ！　ハァハァッ……だ……だが、ま、まだ大丈夫だ。ハァ……ハァ……」


久美は、ブレスレットを一つ手に入れたことで、少し気分が明るくなった。

「菱川君たちは、ブレスレットもう見つけたかな⁉」

「さぁな……何事もないと、いいけど」

「どうするの？　これから？」

「もうちょっと、この辺りを調べてみようか？　それにしても、なんでこの廊下だけ薄暗くて、左右にランプみたいなのが付いてんだ……⁉」

「さ……さぁ……？」

「もうちょっと、この近辺を調べてみよう」

西岡と久美は慎重に辺りを見回した。

一方、奈々美を助けることができなかった大鳥は、再びパニックに陥っていた。

「どうすんだよ!?　これから？　……坂井に続いて、吉田、奈々美まで……オ……オレ、もう嫌だよ。これ以上、危険な目に遭うのは……」

「だったら、ここで腐ってるか？　誰も助けに来てはくれねぇぞ!　どうしようもないのは、みんな同じなんだ。久美と西岡なんて二人だぞ」

「そうよ……がんばらないと」

「生きてんなら、西岡と久美は、オレたちより心細いぞ!」

「ま……そーだけどよ……」

「苦しくっても、ここから抜け出すこと、考えねぇと……」

「わ……わかったよ……」

「奴には制裁を加えてやろうぜ!」

菱川が大鳥の目をまっすぐに見て言った。

「う……うん……」

菱川を先頭に、大鳥、桃子、英子は用心しながら廊下を進んでいった。

「それにしても、長い廊下だなぁ。だいぶ歩いてきたけど何事もなかったようだな……よかった」

「な、なぁに⁉　あれ⁉」

桃子が前方の異変に気づいた。

数メートル先の床がなくなっており、天井から縄がぶら下がっている。

「なにこれ⁉　床がなくなってる……しかも、これって公園とかにある遊具じゃない⁉」

「何て名前だっけ？」

「名前なんて、どうでもいいんだよ。とりあえず、この状況をどうするかだ」

「これで渡っていけってことだろ、たぶん」

「床は？　床はどうなってる⁉　空洞か？」

大鳥は床を覗き込んだ。

「い……いや、水面になってる。この水の中に何にも潜んでないといいけど……」

廊下の中に突然現れた湖は、長さが十メートルほどある。その前に四人は立ち尽くした。しばらくすると、大鳥が、足元にスイッチらしきものを見つけた。赤、青、黄色の三つのボタン、そして自動というスイッチもあった。押せば、いいことがあるというより悲惨なことがある可能性のほうが高いと誰もが思い、不用意に触らないように気を付けた。


「この遊具に乗っていくしかないか……」

「誰が最初に行く？」

菱川がつぶやいた。

「オレが行こう」

「い……いいの？」

「ああ！」

「気をつけて。ガンバって！」

「ああ！　何かに乗っているときでも〝常識的〟な体勢はダメなのかな？　こりゃあ、ちょっと〝非常識〟な体勢は無理だな、この遊具の上じゃ。山下に聞いてみるか？　おい山下！」

「ん～、なんだね？　菱川君？」

どこから聴こえてくるのかわからないが、山下はすぐに反応した。

「何かに乗っているとき、座っているときでも、〝非常識〟な体勢をとってなくちゃいけないのか？　答えろ⁉」

「どうだろうね～……たぶん、大丈夫じゃない？　たぶんね……ハハハハハハ！」

「たぶんか……信じて進むしかねぇな。よし行くよ！　この床の壁を蹴って……よいしょ」

菱川はロープにつかまったが、ロープは床が続いているところまでは進まない。

「ダ……ダメだっ！　六メートルぐらいしか、進めない！　ん⁉」

水面を見た菱川の目に恐怖の色が走った。

「うわぁっ‼　サ……サメだーッ‼　サメがいるぅッ！　ホオジロザメがいるぅッ」

「な……何ィ⁉」

「え⁉」

「サメがいるぜ、この水槽ー!!」

山下の勝ち誇ったような笑い声が響く。

「ハハハハハハ！　驚いたかい⁉　その水槽にはサメとピラニアを入れてあるんだ！　少しでも下手なマネをすれば、あっという間に彼らのエサになってしまうよ。ハハハハハハ！　でも優しい僕は君たちに乗り物を用意した。これに乗るといいよ」

山下に言われるまま、菱川だけが乗り込む。しかしその乗り物は沈み始めた。

「マ……マジ……!!　おーい！　これ以上、進まねぇんだ。なんとかしてくれー!!　しかも、この遊具、ロープが徐々に下がってくるんだよ！　頼むよー、なんとかしてー!!」

必死に助けを求める菱川。

「なんとかって……どうすりゃ……ハッ！　そう言えば、壁にボタンが三つあったな、これと関係しているかもしれねぇ」

「早くしてくれー、こいつら獰猛《どうもう》だー!!」

「この三つの色は、信号機と同じ色だよな。色は常識として繋がっているよな……この世界は〝非常識〟……ってことは赤だ、自動っていうスイッチを入れるのもイチかバチかだ……。菱川ー！　ボタン押すぞー。でも間違ってもオレを恨むなよー。間違ったらゴメン。地獄で詫《わ》びは言うぜ！」

大鳥がスイッチを押すと遊具が動き始めた。

「す、進んでる……」

「よ、よかったぁ……やった……」

「よっと！」

　菱川は無事に床に着地した。

「た……助かったぁ……。ん⁉　レバーがある」

　菱川はロープが釣り下がっている部分にレバーがあるのを発見した。これも装置を操作するものだろうと推測し、その動きに注目した。そして、レバーと遊具のロープが関連していることを発見した。そして、「おーい」と向こう岸にいる大鳥たちに声をかける。

「なんだ、菱川ー……！」

「ここにレバーがあるんだけどよ。このレバーが下がってくると、この遊具のヒモも下がってくるみたいだぞー」

「ふーん、そうか。こっちも冷や汗かいたんだけどよ、そっちと同じように、ロープがゆったり下がってきたときに赤いボタン押したら、ロープがちゃんとまっすぐになって、ちゃんと進んだぞー！　赤いボタンは自動っていうスイッチを入れて押しておけば、自動的に進むんだ」

「何⁉　ってことは、赤いボタンに自動っていうスイッチを入れて、そしてレバーを上げていれば、大丈夫なんだな、たぶんな」

「ククククク……そう、うまくいくか、バカめ！　ボタンのスイッチが使えるのは一回限りだ！」

　山下は嬉しそうに監視室でつぶやいた。

「よし！　じゃあ次、大鳥が来い！　それ！」

「もうスイッチがあるから大丈夫。落ちなきゃいいんだから。行くぞ、それッ！　……あ……あれ⁉　な……なんで止まる⁉　進めよ、おい！　……なんで止まるんだよ⁉　お……おい⁉　桃子、ちゃ……ちゃんと、ボタンとスイッチは入ってるか？」

「入ってるよ！」

「じゃ、じゃあ、なんで止まるんだよ⁉　う……動け！　動けったら！　……ホ……ホントにちゃんとスイッチが入っていて、ボタンを押しっぱなしの状態になってるか？」

「なってるわよ！」

「一回スイッチをオフにした状態で、赤いボタン押してみろ！」

「わ……わかったわ！」

桃子はスイッチをいったんオフにしてボタンを押しっぱなしにしたが、効かない。

「マ……マジかよ〜！」

「大鳥ー！　こっちもダメだー！　下がる遊具のロープを元には戻せるけど、床の水面を閉じることはできない！」

山下の笑い声が大きくなる。

「ハハハハハハ！　大ピンチのようだね、大鳥君！　ボタンとスイッチはね、一回しか使えないのよ」

「な……何ィ‼」

「一回使ったら、もう、それまでなんだよ」

「やましたー！」

「ざ〜んねんだねぇ……君もここまでかもー。でも、一つだけ、助かる方法がある。それは、菱川君のところにある、もう一つのレバー」

「レバー⁉　ホントだ！　レバーがある！　レバーあるぞ、大鳥！」

「そのレバーを下か上のどちらかにすれば、君は助かるかもしれないよ。もちろん、その、どちらかでもないかもしれないけどね。でも、助かりたかったら、もう信じるしかないはずだよ。ハハハハハハ！　というわけで、ガンバってねー！」

「菱川ー、頼むー！　何とかしてくれー！」

「わ……わかってるよ！　どっちだ⁉　どっちにやれば⁉」

ホオジロサメが大鳥のほうに向かってザバッと跳ねた。

「うわぁッ‼」

「菱川君！　早く！」

「どっちだ⁉　どっちにやれば……」

「早く！」

「わかってるよォ‼　えーい！　もうイチかバチかだ。大鳥、間違えたらゴメン‼　詫びは地獄でするぜ！」

菱川はレバーを下げた。

ガシャン‼　ウィィイインンンという音を立てて水槽の上のシャッターが閉まった。

「ちっ……」

山下は舌打ちをしたが、自分で五十パーセントの確率でつくった装置だ。全員をすぐに抹殺しては面白くない。ゲームは楽しまなければと笑みを浮かべた。

「よ……よかった！　やったー。ふぅ～……た、助かったぁ～……って安心してる場合じゃねぇ。早く！　早く来いよ三人とも！　何が起こるかわからねぇぞ！　走ってこい！　走って！」

菱川の声に打たれたようになって、大鳥に続いて桃子、英子も必死に菱川のところにやってきた。

「なんで、レバーを下ろしたんだ？　下だとわかったんだ⁉」

「これはもう、ヤマカンだよ。イチかバチかだ！　マジで危なかったけどな」

「助かったけどな。オイ、これ、床にあるのってブレスレットじゃないか？」

「ホントだ！　なんでこんなとこに⁉　……拾お……」

「〝常識的〟な動きでは拾うな！」

「ああ、そうだった。じゃあ、寝そべって。よいしょっと！」

英子は無事にブレスレットを手にした。

「やったね！　これで三つになったね」

桃子の顔に久しぶりに笑顔が戻る。

そのとき、山下は苦しげにうめいていた。

「クハァ……ハァ……ハァ……よ……四つ目も、見つけやがったか？　……さすがに身体の色が、少し変化してきたか。だが……まだ……まだ大丈夫だ。ハァ……ハァ……」

菱川、大鳥、桃子、英子はお互いの背中に手を回し、さすり合い、励まし合った。

「次へ行こう！」

「よし！」

「なぁ、大鳥？　俺、気づいたんだけどよ、さっきから、曲がり角があって直線があって、同じ道をグルグル回っている気がするんだけど」

「やっぱり、お前もそう感じてるか⁉　オレもだよ。同じような道を歩いてるだけな気がしてならないんだよ。本当に奴のところに着くのかな？」

それを聞いて、山下は声を出す。

「辿り着くとも。君たちに運がある限りね。さぁ、次は交差ガマの道だよ！　君たちの運が問われる魔の道さ」

「オレたちの運が問われる？」

「そうさ、運が問われる道さ」

「何言ってんだ、こいつ？」

「オイ！　曲がるぞ」

「ワッ！　何これ？」

桃子が叫んだ。

目の前の廊下は人が一人通れるかどうかの幅しかない。両側の壁が突き出ている。

「なんだ、これ！　……どうやって行けばいいんだ？」

大鳥はパニクっている。

「絶対無理だよ！　こんなの、幅がないもの」

「さぁ、君たちは、ここを通る度胸があるか？　楽しみだなぁ、ハハハハハ！」

山下の嬉しげな笑い声が響く。

「どうする？」

「どうって、進む以外に道がないだろ！」

菱川は毅然として言う。

「ねぇ、ひょっとしたら、これ、幻影でできているんじゃない？」

「なんだって？　なんでそんなことがわかる？」

「だって、通れないなんてオカシイし、すきまもないし、どっちにしても、前に進まなきゃいけないのに、ワザワザこんなもの出てくるなんて変だよ！」

「そうだ！　ちょっと触れてみようよ」

「誰が触れるんだよ？」

「私が触れてみるわ！」

桃子が壁に触れる。桃子の手は難なく壁を通過した。

「ほらぁ！　やっぱり！」

「奥のやつも触ってみて？」

英子が言う。幻影の壁の奥に、もう一つの壁が見えてきたのだ。

桃子は奥の壁を触る。

「わっ！　こっちは本物の壁だよ。しかも動いているみたい」

「マ……マジ!!」

「ど……どうしよう!?　奥の壁が両側から迫ってきたら、押しつぶされるよ」

「どうすんだよ!?　通らなきゃいけないんだぜ！」

「どうすんの？」

英子はすがるように菱川を見る。

「ハッ！　……そういや、山下の奴は、運試しって言ったよな!?　そして、この世界は、〝非常識〟でできているんだよな!?　じゃあ……」

「ま、まさか!?」

「通るんだよ！」

「……じょ……冗談だろ!?」

「ここを通るのは嫌！」

「じゃあ、ほかにどんな方法があるっていうんだ？　前に進まなくちゃいけないし、こんなところで立ち往生してても始まらないだろ」

「そうだけどよ」

「オレから行くよ！」

「菱川、ホントに行く気か⁉　今度こそ、死ぬかもしれねぇんだぞ」

「行く！　……先に行くからな。みんなついてこいよ！」

「オ……オレは絶対、絶対行かねぇぞ！」

「だったら、どうする⁉　このまま、奴の領域でおとなしくしてるか？　一生出られねぇぞ！」

「だって、ホントに死んじゃったら、元も子もないよ！」

「行くしかないんだ！　みんなついてこいよ！　……そして、絶対に、〝常識的〟な動きでは通るなよ！　それだけは、心に入れておけよ。オレは目をつむって、後ろ向きに歩いていくぞ！」

「じゃあ、オレは体をクルクル回しながら」

「私は、ほふく前進」

「じゃあ、私は、仰向けになりながら、スルスルと行くわ！」

皆、思い思いのやり方で進んでいき、無事に次の通路に着いた。

「ん……ん……はぁ、はぁ、はぁ、はぁ……通り過ぎるまで、ずっと息止めてた！　ハァ……ハア……」

「オ、オレも……」

「私も……」

「私も……ハァ……ハァ」

英子も息を荒くしながら、ホッとした顔をしている。

「どうやら、みんな無事のようだな！」

「うん……」

「なんとか……」

「クッソー。また助かりやがったか。一人くらいは、オダブツになるかと思ったのによー。だが、まだまだ、先は長いぜー！」

山下は不気味な笑いを浮かべた。

「ブレスレットは今回ないのかぁ。ムチャクチャビビったのによォ」

「先を急ごう」

「……次はどんな試練が待ち受けてんだろ⁉」

「さぁね……」


その頃、無事に部屋を出られた西岡と久美は廊下を進んでいた。

「菱川たち……大丈夫だろうか？　誰も死んでないだろうか？」

「さぁ、わからないわ。祈るのみね」

「それにしても、やけに長い廊下だなぁ」

「たぁ〜すけてぇぇぇッッ……」

「ん、なんだ⁉」

「誰かぁぁッ、たぁ〜すけてぇぇ〜」

「誰の声だ!? こっちのほうから聞こえるぞ」

「たぁぁ〜すぅぅけてぇ〜……おぉぉねぇがぁぁ〜いぃぃぃぃ！」

「ちょっと走ってくぞ、久美！」

「うん！」

「お〜い！ 誰かぁ〜誰かいるのかぁ〜……!?」

「たぁぁすけてぇぇ〜……」

「近いな！ おいッ！」

西岡が悲鳴の方向に走っていくと、大きな落とし穴があるのを見つけた。

落とし穴をのぞくと、奈々美が穴の底で恐怖に満ちた表情でこちらを見上げている。

「なっ……奈々美!? お前……」

「た……助けて！ お願い」

「待ってろ！ 今助けてやる」

「早く助けて！ お願い」

「久美、手伝え！」

「うん、わかった！ でも、〝常識的〟な体勢じゃダメだよ！」

「ああ、わかってる！ 足だ、足につかまれ！ 久美も足を伸ばして、片方の足で、なんとか引っ張ってくれ。両手は使うなよ奈々美！ 足も壁に引っ掛けるな」

「う……うん！」

奈々美は西岡と久美の足につかまる。

西岡と久美は思い切り足を上げる。

「ガンバレ！　フンバレ久美！　よいしょ！　よいしょ！」

西岡が久美を励ます。

「んーん!!　つらい。んーん！」

「あと少しだ。フ・ン・バ……レ！　よ……いしょ！」

西岡と久美は、なんとか奈々美を落とし穴から救い出すことができた。

「や……やった！　あーしんど……。でもなんで、お前が落とし穴なんかに落ちてんだ⁉」

「わからないわ、二つ目のブレスレットを取ろうとしたら、大きな鉄球が転がってきて、みんないっせいに逃げたら、私だけ逃げ遅れて穴に落ちたの。そして、吉田君に助けられそうになったんだけど、その吉田君が……」

「吉田がどうした？　……死んだのか？」

「……う、うん……　〝常識的〟な体勢で助け出そうとしたら、どこからともなく弓矢が飛んできて。……坂井君も死んじゃった。感電死して……あとはもうわからないわ」

「そんな……二人も死んじまったのか……」

「お前は、なんで助かったんだ？」

「わからない。落とし穴があって、それが移動したなと思ったら、水が引いて、気づいたら、この場所にいたの……」

「ブレスレットは、どうなった？」

「二個までは取ったみたいだけど、あとはわからない」

「そうか。オレたちも、ブレスレットと菱川たちが見つかるまで、脱出経路を探そう」

「わかった」

「う……うん……」

「山下には、何か言われなかったか？　あの野郎、昔っから警告ばっかりしやがるんだ」

「言ってたわ！　扉を入ったら、入った側からは開かないんだって。それと、扉は、五秒経ったら、向こう側からも、開けた側からも、開かないんだって」

「なにィ⁉　どおりで、すぐに閉まっちまったわけだ。よし！　もう少し、調べてみよう。ちょっと気になることがあるんだけど、そこに行っていいか？　こっちだ。来てくれ！」

走っていく西岡。

「ここだ！」

「ここって、さっき、西岡君がブレスレットを発見した場所よね⁉　ここがどうかした？」

「ちょっと奥まで行ってみよう！」

「あっ！　これ⁉　ブレスレットじゃない⁉　こ……ここにも……ここにも！　……交互に分かれて置いてある！」

壁にブレスレットが引っ掛けてあった。

久美は目を輝かせた。

「一……二……三……四……五……五個ある。だけど一階にはブレスレットは五個のはず。菱川たちが二個もってるっていうし、どれかは偽物だよな。でも、よし、取っておこう！　蹴りで全部取るよ！　とりゃあ！」

西岡はブレスレットを蹴って手に入れた。

「一……二……三……四……五と……よし全部だな！」

ブレスレットを数え終わった西岡は扉を見つけた。

「……ん⁉　……こんなとこに扉が二つある」

西岡は一つ目の扉のノブに手をかけ、回した。

「こっちの扉は開かない！　こっちの扉は……」

二つ目の扉が開いた。

「あ！　五秒で閉まっちゃうから、早く閉めないと⁉」

「ああ、そうだった。もう一回開けてみよ」

西岡は二つ目の扉をもう一度開いた。

「ん⁉　……ここって？　この扉は、入ってきた入り口のところと繋がってるよ、たぶん」

「え⁉　ホントに？」

「ああ、たぶんね！」

「なんでそんなことわかるの？」

「前に見た、入り口のところと似ていた」

「じゃあ、いざってときの、脱出経路になるね！」

久美の表情がパッと明るくなる。

「たぶんね。この、もう一つの扉はわからないけどね」

「次へ行くため、の隠し通路かな？」

「どうだろうね？」

「ねぇ、ブレスレット、今、六個あるんだよね⁉　吉田君たちも二個以上は取ってるよね。ってことは、もう、コンプリートが近いんじゃない？」

奈々美は楽観的だ。さっきまで自力では脱出できない落とし穴にいたとは思えない立ち直りの早さだ。

「でも、あんなに簡単に取れるなんて、これは、何かのカラクリかもしれないな」

西岡は慎重だ。

「どういうこと⁉」

「あんなふうに引っ掛けてあるなんて変だし、ブレスレットの位置や並べ方……何か意味があるのかもしれない」

「なるほど。もう少し調べましょう」

一方、無事に幻想の壁「ガマの道」を通過した菱川、大鳥、桃子、英子は安堵の表情で廊下を歩いていた。

「もう、あんなことは、ないことを祈りたいな。お！　また、扉だ。歩けば歩くほど、扉に遭遇する間隔が、だんだん縮まってるような気がするんだけどな」

「やっぱり、グルグル回ってるのか？」

「たぶんな」

「扉、開けるぞ！」

「ああ！」

扉を開けた菱川は驚愕《きょうがく》の表情を浮かべた。

「うげ！　なんだ、こいつ⁉」

ハンマーを持った男がガラスケースの中に立っていた。

「クソ、山下の趣味か⁉」

「ここまで来たか、ついに。だが、ここで終わりだ！　ウジ虫君たち。クックックッ！」

山下の声が響く。

「お、おい菱川⁉　……あのガラスケースの中にあるものってブレスレットじゃねぇか⁉」

「ホ……ホントだ！　な、なんでこんな中に……」

「わ、わからねぇ。ど、どうする⁉　ガラスケース壊すか、それとも、開けるとこ探すか⁉」

「開けるとこ探したほうがいいと思うわ。イヤな予感がする！」

「開けるとこ、開けるとこ……つったって、ねぇぞ！　ない！　ない！　ない！　全部見たけど、ないぞ！　鍵らしきものもないぞ！」

「ホントにねぇな」

「なぁ？　もう、ガラス割っちまおうぜ。それしか方法ねぇもん！　なんだよ⁉　血相変えて。ま……まさか、このハンマー野郎が動き出すかもしれないとか思ってんじゃないか？」

「その、まさかだよ！」

菱川は冷静に言った。

「お～い！　ブレスレット取らなきゃ、前に進めないんだぜ。それにガラスの中にあって、取り出す方法もないんだぜ。それに何かあっても、また、大丈夫だって。なんとかなるさ！」

「今までとは、わけが違う気がする。背丈は二メートル近くあるし、体つきだって見ろ！　オレらの倍はあるぞ！」

「じゃあ、どうする？　ここで、腐ってるか？　このふざけた世界を抜け出さなきゃ、オレたち終わりだぜ！　お前もオレに言ってたじゃねぇか、そうやって！」

「わ……わかったよ！　でも、もし動き出したら、全速力で逃げるぞ！」

「私も同感！」

「私も！」

「じゃあ、壊すぜ！　なんとかなるさ！　壊すぞ！　うりゃッ！」

バリンッッ‼

大鳥は手を服で覆うとガラスケースをたたき割り、ブレスレットを取った。

「よし！　ブレスレットを取ったぞ！　うぐっ!!　……く……五つ目のブレスレットを、まさかガラスを壊して取るとはな！　うぐっ！」

布で巻いていたとはいえ、手はかなり痛かったらしく、大鳥は手を押さえている。

「だが……まだまだ……だ……。これで四つ目だ！」

大鳥は自分を奮い立たすように言った。

「イ……イヤな予感がする……」

菱川の顔が蒼白になる。

「よし！　すぐ逃げるぞ！」

ハンマー男が動き出した。

菱川、大鳥、桃子、英子は必死でハンマー男から逃げる。

「ホーラ。言わねぇこっちゃねェッ!!」

「しょうがねぇだろ！　取らなきゃ、前に進めねぇんだからッ!!」

「結局、それかい！」

「とにかく逃げるぞ!!」

「どこに逃げりゃあいい？」

「知るか！　とにかく逃げろ！」

「あてにならねェな、オイ！」

「待ってよ！」

「置いてかないでー！」

桃子と英子も必死で菱川と大鳥の後を追う。

壁を隔てたこちら側では、ブレスレットを手にした西岡が考え込んでいた。

「う〜ん……何か仕掛けが、あるはずなんだよな……。壁に、ブレスレットをはめ込むところはっと……ないなぁ……。ん⁉　何だここ⁉　ここだけ、穴が開いてて手が入るようになってんぞ。ちょっと入れてみるか」

「や……やめたほうがいいんじゃない？　きっとよくないことがあるよ」

「〝常識的〟な体勢じゃダメだからな。仰向けになって入れてみるよ。よっと！」

西岡は仰向けの姿勢のままで穴に手を入れた。

「な……何かある？」

「ん⁉　何だこれ⁉　ボタンらしきものが……」

「え⁉　……ボタン⁉」

「ちょ、ちょっと押してみるか……？」

西岡がボタンを押すと、壁に据えつけられているランプからパチンという音が聞こえた。

「ん⁉　何だ……⁉　もう一回押してみるか」

再びボタンを押すと、ランプからパチンという音が聞こえた。

「聞こえた！」

「私も」

　奈々美もボタンを押すと同じ音がした。

「何かあるな⁉　あのランプに、このブレスレットを投げ入れてみようか？」

「え⁉　なんで？」

「パチパチって言ってるってことは、何か仕掛けがあるんじゃないか？　あそこから聞こえるなんて変だよ」

「じゃあ、入れてみよ。でも、〝常識的〟な体勢じゃあ……」

「わかってるって！　肩車でもしよ。お前が、オレの首にまたがれ」

「Hなこと考えてないよね？」

「考えてねぇよ！　早くまたがれ」

　ヒュン。

　ザクッ。

　久美が西岡の首にまたがった瞬間、矢が飛んできて久美の腕にささった。

「あ⁉　……」

「いっ……痛っッたー！　痛いー‼」

「お……おい⁉　だ……大丈夫か？」

「早く、早く抜いて！　痛いッ‼」

「抜くぞ！　よっと！」

久美の腕にささった矢を西岡が一気に引き抜くと久美は悲鳴を上げた。

「キャー。痛ーッ‼」

久美の腕の出血を押さえるために西岡はポケットからハンカチを出すと、久美の腕をきつく巻いた。

「それにしても、なんで、矢が飛んできたんだろう……」

せせら笑うような山下の声が響く。

「またまた登場ー！　山下様～‼　なんで矢が飛んできたかって？　またがるという動き自体が、〝常識的〟だったからさ！　またがるという動きなら、変わった体勢を取っていたのかもしれないけど、その動き自体がダメだった。残念！　オレのモラルは厳しいよ。変わった動きでも、それが〝常識的〟になるからね！」

「なんだって⁉　じゃあ、どんな体勢なら、〝常識的〟な体勢じゃないんだ⁉」

「前みたいに、ワザと何かが起きるみたいに、なってんじゃないでしょうね？」

「さぁねぇ……それは、自分たちで、か・ん・が・え・て！　ハハハハハハ！」

「くっそ～、どうすりゃいいんだよ……⁉　オレが、しゃがんで、丸まって、その上に久美が乗ってジャンプしながら取るわけにもいかないし。その行為自体が、〝常識的〟な体勢なんだろ⁉　どうすりゃいいんだよ⁉　う～ん……う～ん……こうなりゃもう、いっそのこと、投げ入れてみるか？」

「や……やばくない？　何が起こるかわからないんだよ⁉」

「でも、変わった動きでも、〝常識的〟な動きになるんだぜ⁉　ほかにどんな方法がある？」

「う～ん……ないわね……」

「もう、投げ入れてみようぜ！　それしかねぇ……ほかに方法ないしな」

「何が起こるかわからないから、気をつけて。一回で入れてね」

　奈々美も心配そうに言う。

「ああ、わかってる。入れるぞ。ジャンプして！　よいしょ！」

　西岡がジャンプすると壁から棒が出てきて思い切り西岡の頭にぶつかった。

「痛って～ッ！　クッ……！　や……やっぱり、普通に投げちゃダメなんだな。あ～痛ぇ～ッ‼」

　カチカチカチという音が聞こえる。

「ん⁉　なんの音だ！」

「あの、スイッチがあったところから聞こえるよ⁉　……あ！　見て⁉　ランプのような蛍光灯に灯が点いたよ」

　ウィィイイン……ガーッという音がする。

「え⁉　今の、なんの音⁉　……向こうのほうから、聞こえてきたよ」

「……ちょっと行ってみるか？　……あ！　この扉……さっき、開かなかったやつだ。蛍光灯が点いたら、ちょっと開いた……ってことは、ブレスレットを投げ入れれば全開になるのかな、ひょっとして……⁉」

「次も、投げ入れてみようよ」

「何もしていないお前が簡単に言うな！　痛い思いしてるのは、誰だと思ってる？」

「そーだけど……でも、扉は開くよきっと！　もうちょっとだ。ガンバロ！」

「痛ぇ思いしてるのは、オレだよ」

「あーゴメン……でも、もうちょっとだよ」

「何も、起こりませんように……それ！」

ランプのような形の蛍光灯が点いた瞬間、矢が飛んできて、西岡の腕に刺さった。

「痛ってぇ～ッッ！　あー痛ッッ!!」

西岡は自分の腕に刺さった矢を思い切り引き抜いた。

「痛って～！　も……もう、オレ、嫌だ！　交替だ！」

「えッ……えぇッ！　わ……私がやるの⁉　痛い目に遭うの嫌よ！」

奈々美は後ずさりした。

「久美も、俺もやられたけど、お前は無傷だろ。あ……あと三つだ！　ガンバレ!!」

「わ……わかったッ!!」

「一回で入れろよ！」

「エイッ！　わーやった！　入った」

奈々美の顔にボールが飛んできた。

「痛ったーッッ！　お、思いきり、思いきり、顔面に当たったーッ！　痛ッたーッ!!」

奈々美は鼻血を出している。

「ティッシュちょうだい！　ティッシュ!!」

「ティッシュか？　ホレ!!」

「痛ッたーッ！　交替して？」

「あと二つだ！　ガンバレよ!!」

「もう、これ以上痛い思いするの嫌だもんッ!!」

「オレだって嫌さ！　鼻血ぐらい何だよ！」

「なによ、その言い方!?」

「なんだよ！」

「なによ！」

「もー、ケンカはやめて。私が入れるから、二人は見てて！　……このブレスレットを、えいッ!!」

久美がブレスレットを投げ入れた瞬間、久美の首にロープがかかり、首を思い切り引っ張られ、首を引きちぎられた。

「久美ーッッ!!」

「くみちゃ〜んッッ！　く……首が……首がぁぁッッ!!」

「ハハハハハハ！　何が起こるかわからないッ!!　ユカイ！　ユカイ！　油断したら、ダメだよ。

クックックックッ」

「い……いやぁぁぁッ！　……私……私、死にたくないッ!!　もう嫌ーッ!!」

「落ち着けッッ！　落ち着けってッ‼　オレが入れよう……あと一つだ！」

西岡は、奈々美がパニックになっていると、自分がしっかりしなくてはという気持ちで体中が熱くなっていた。西岡がブレスレットを投げると何かが飛んできたが、西岡はうまくよけることができた。

「あ……危ねぇ……今度は鎖の付いた鉄球かよッ‼　こんなもの喰《く》らったら、ひとたまりもないもんな」

西岡は大きく息を吐いた。

全部の扉が開いた。

「ね……ねぇ⁉　……どうする？　この扉を進む？　それとも、菱川君たちが来るまで待つ？」

奈々美は魂が抜けたような状態だ。

「久美ちゃんが死んじゃってつらいのは、わかるけどさ、ここを抜け出すことを考えようよ……抜け出さなきゃ、ずっと山下の思うままじゃん」

「そんなことわかってる……」

「ガ……ガンバロ」

西岡がそう言った瞬間、ウィィインンンという音がし始めた。

「えっ⁉　何⁉　と……扉がちょっと閉まってない？」

「ハハハハハハ！　聞かなかったから、言わなかったけど、この扉は、三分ごとに、ちょっとずつ閉まっていくよ。合計で十五分！　十五分したら、完全に閉まっちゃうんだ。つまり、この扉が閉まっちゃったら、次のステップに進めないわけよ」

山下は勝ち誇ったように言った。

「な……何ィ？　十五分だと⁉」

「そう、十五分！」

「ってことは、やっぱりあの扉は、次へ進むための扉ってことか？」

「恐らくね。ハハハハハハハ！」

「どうしよう⁉　菱川君たちと会えるかな？」

「わからない！　来なけりゃ次のところへ進めないし、菱川たちもアウトだ、たぶん……！　来るかな⁉」

「わからない……でも、下手に動くより、待ってたほうが危険は少ないよ」

「ま……待つか」

「うん！」


菱川、大鳥、桃子、英子は必死でハンマー男から逃げていた。

「な……なぁ⁉　どこに逃げればいいんだよ⁉」

「知るか！　とにかく走れ！　追いかけてくるぞッ！」

「あっ！」

英子が転んでしまった。

「バ……バカ！　なに、ずっこけてんだよ、早く立て！　うわっ！　もう来てる！」

「私たちが何したのよ～」

「ホラホラ、早く逃げないとハンマー男、来ちゃうぞ～！」

山下の嬉しそうな声がする。

「ウバァァァァァッ！」と声を上げながらハンマー男が早歩きで追いかけてくる。

「急げ！」

菱川、大鳥、桃子、英子は必死で走った。

「だいぶ走ったぜ。なんか身を隠せそうなところはないか？」

周囲を見回した大鳥は、扉が二つあることに気づいた。

「どっちかの扉に入るか？」

「やめとこ、五秒で閉まっちゃうんだ」

「じゃあ、どこへ逃げりゃあいいんだ！」

「わからねえ。もうちょっと走ろう！」

走っていた大鳥は落とし穴に気づいた。

「なんだ、これ⁉」

「フチを通って渡ろう！」

「渡り……にく……いな、三十センチもねぇんじゃねぇか？」

ハンマー男がすぐそばまで迫ってきた。

「うわぁッ!! もう来てる！」

「急げ！ 早く逃げるぞ！」

「出口はないかー！」

「叫んでどうすんだよ！」

「いや、誰か返事するかと思ってよ。だ……誰かいねーかー！」


西岡は大鳥の声に気づいた。

「い……今のって、菱川たちの声か⁉」

「お～い、誰か～！」

再び大鳥の声がする。

「そうよ！ きっとそうだわ！」

「お～い！ 返事しろー！」

菱川が叫ぶ。

「おーい！ 菱川～！」

「い……今のって……」

「西岡君たち……⁉」

「そうよ！ そうだわ！」

「おーい！」

「お～い！」

「ここだッ!!」

ドアが閉まり始めた。

「いけない！　ドアがだいぶ閉まっちゃうよ」

「な……何ィ!?　急いで来い！　急い……って……後ろ！」

ドアは蛍光灯の明かりと連動している。徐々に蛍光灯が消えていくと、ドアが閉まってしまうのだ。今、三つ目の蛍光灯が暗くなり始めている。西岡が菱川たちに叫んだ。

「うし……ろ……!?」

菱川の後ろからゴロンゴロンと鉄球が転がってきた。

「な……なんでまた鉄球が!?　……しかも、こ……今度は、トゲ付いてんじゃねぇか!?　喰らったら致命傷だぞ!!」

「ハンマー男は、どうしたんだよ？」

「いいから早く来い！　次のステップへ行ける、扉も閉まるぞー!!」

菱川、大鳥、英子、桃子は西岡と奈々美のいるほうに走った。

「や……やっと合流できた！　に……西岡！　よく生きてたな!?　わ……理由《ワケ》は、あとで話す！　とりあえず、走れ!!」

「早くこっちに。扉が閉まっちゃう!!」

何かにつまずいた英子が転んだ。

「痛ッ!!　ま……待って！」

「あ⁉　何回コケてんだよッ!!」

英子の足元を見た菱川の表情が凍りついた。

「く……久美……」

「久美ちゃんの首が……首がぁぁぁ」

自分の足元に転がっている久美の首を見た英子は絶叫した。

「いいか、走るぞ!!」

ゴロンッッ!!　ゴロンッッ!!　と鉄球が迫ってくる。

「早くーッ!!　扉が閉まっちゃう！」

「四つ目の蛍光灯が消えた！　早くーッ!!」

「入った！」

「よし、入った！」

「私も」

「まだ、菱川と英子が……」

「五つ目が消えた！　閉まっちゃう！」

「よし、入った！」

ガシャヤヤヤンンッッと大きな音を立てて扉が閉まった。

「ふぅ～！　助かったァァ!!　間一髪だったな！　そうか……久美は、死んじまったのか……」

「今、なんで鉄球が転がってきたのかな？」

「大声出したからだ！　大声は常識に反する」

「久美ちゃん！　久美ちゃん！」

泣き出す英子。

「山下の野郎め！　絶対ぶっ殺してやる！」


「ピンポンパンポーン!!　なんとか全員助かったようだね。久美さん以外！」

「山下だ！」

「次は、ちょっと頭を使わないと、二階に行けないシステムになっているよ！　よく考えてから、結論出さないと、また犠牲者が増えるかもー。じゃあ、そういうワケで、ガンバッテねー！　あそれから、ハンマー男は、まだ生きてるよ。ハハハハハハ！」

「な……なにィ⁉」

「てことは、まだ追いかけてくるってことか……⁉」

「ウバァァァァッッ!!」というハンマー男の声とともに、ガンッ!!　ガンッ!!　ガンッ!!　という音がする。

「ドアの向こうにいるよ。あのドアをこじ開けようとしてる！」

「は……早く、早く次のところに行かねぇと、奴にみんな殺される！」

「早く!!　早く出口を探さねぇと……どこだ？」

「おい、こんなところに扉があるぜ⁉」

「奥のほうにも、行ってみよう。こっちにも扉がある！」

「な……何か書いてあるぜ⁉」

「こっちにも書いてある。一つ目の扉……」

ガンッ‼　ガンッ‼　ガンッ‼　ガンッ‼

ハンマー男がドアをたたく音がしている。

「ヤベェッ‼　さっきより、音がデカくなっている……この扉、ブレスレットをはめ込む型も付いてるぜ」

「こっちもだ！」

「一つ目の扉から、見ていかねぇか？」

「ああ、今そっち行く！　〝五で試す〟⁉　どういう意味だろう？　ペンと札まで付いてる。書き込みゃいいのかな⁉　そしてブレスレットを、五個はめりゃ、いいのかな？」

「はめてみて……？」

「一つ……二つ……三つ……五個と……な……何も起こらない……」

「ウバァァアァッ‼」と大声を上げながら、ハンマー男がガンッ‼　ガンッ‼　ガンッ‼　と扉をたたき続けている。

「うるせぇな！　ちょっと黙ってろよ！」

大鳥がドアを睨みつける。

「も、もっと、言葉的な意味があるんじゃないか？　〝五で試す〟と漢字を入れて書いてみて
〝五〟で……試す……と……」

「ダメだ！　何も起こらない！」

「5を、反転すると……」

「〝己〟って文字になる！」

「か……書き込んでみて⁉　……〝己で試す〟……」

ウィイインンン。

扉が開いた。

「ひ……開いた！　扉が開いたわ！　……で、どうする⁉　この扉を行くの？」

「い……いや……もう一つの扉も確かめよう、一応……」

ウバァアアァッツ‼　ガンッ‼　ガンッ‼　ガンッ‼

「さ……さっきより音がデカくなってるわよ！　急がなきゃ！」

「ああ、わかってるよ！」

「ブレスレットを外してと……」

ウィイインンン……と音を立ててドアが閉まった。

「ブレスレットを外すと自然に閉まるんだ……。この扉だ！　また、ペンと札が付いてるな……

〝046にする〟って書いてある」

ウバァアアァッツ‼　ガンッ‼　ガンッ‼　ガンッ‼　ガンッ‼

「扉……壊されそうだよ、早く！」

「わーかってらい！　西岡！　次はどんな意図がある？」

「〝０４６ながら〟……〝０４６ながら〟……さっきのような、意図はないな……ただ、この数字は、読めるな。音読みのようにすると、〝０４６《おしむ》ながら〟になるな。つまり、何かを、惜しむような、部屋へと繋がっていくのかな……⁉」

ウバァァァァッ‼　ガンッ‼　ガンッ‼　ガンッ‼　ガンッ‼

「マズイ！　扉を開けられそうだ。早くしなきゃ‼」

「この世界は、非常識こそが答えなんだよな⁉　じゃあ、当然、常識的なものに答えはないんだよな⁉　逆から読んでみると、〝６４０《むしを》しながら〟と読めないか？」

「よ……よし。札に書いてみよう。〝６４０《むしを》しながら〟っとブレスレットをはめて……」

ウィイインンンと扉が開いたが、もう一つの扉はハンマー男によって壊され始めている。

「急いで！」

「で⁉　どっちだっ！　西岡⁉　どっちの扉を行けばいい⁉」

「〝６４０《むしを》しながら〟って世界観は、常識や非常識を無視しながらって捉え方ができる⁉　で……でも、〝常識〟や〝非常識〟を無視できないって警告の捉え方もできる……」

「ど……どっちなんだよ！　……もう一つの方は、己で試すって書いてある。これは試練か何かを試すって捉え方ができる」

「実験台にされたりとかって、捉え方はできないか⁉」

「イヤ……この変な世界観がある限り、それはたぶんないと思う。何かの試練があるんだと思う、恐らくね」

ガンッ!!　ガンッ!!　ガンッ!!　ガンッ!!

「扉が壊される。もうちょっとで……」

「選択肢がいくつもできちまってどうすんだよ？　どっちだよ!?」

「非常識こそが世界観……非常識こそが……向こうの扉だ!?」

西岡が言った。

「な……なんでわかる？」

「非常識こそが答えなら、無視していくことができないだろ。それなのに640《むしを》しながらって出てる。それに、640《むしを》しながらって言葉自体、反対に考えると、無視しちゃいけないって、反対の意味にも捉えることもできる」

ウバァァァッッ!!　ガンッ!!　ガンッ!!　ガンッ!!　ガンッ!!　ガァンッッ!!　……。

ついにハンマー男は扉を壊した。

「こ……壊されちゃった！　ハ……ハンマー男が来るよ！　早く……」

「は……早く！　早く書けよ！　ブレスレットを外すと、この扉は閉まるんだな。早く！　早く書けよ！」

「わ……わかってる……640……ながら……と……」

菱川は札に書き込んだ。

「ブレスレットをはめて」

菱川は扉の穴にブレスレットをはめた。

「一……二……三……五……と」

ウィイイインンン。

扉が開いた。

「開いた……よし中入るぞ！」

ウバァアアアッッ!!　ハンマー男が菱川たちに向かってくる。

「うわぁぁぁッ!!　こっちに来る！　早く入れッ！」

みんなが扉の中に入ろうとしたが、奈々美だけ動かない。

「どうした？　奈々美!?　早く入れよッ!!」

大鳥が奈々美をせかす。

「だ……大丈夫!?　……この扉で!?」

「今さら何言ってんだよっ!!」

「また、痛い目みるんじゃないの？」

「何言ってんだ、お前!?」

「何やってんだ!?　早く来い！　殺されるぞ」

「また痛い目みるなら、殺されたほうがマシよ！」

「ま……まだ助かる可能性があるかもしんねぇんだぞ！　こんなとこで殺されてどうする」

「もう、殺されたほうがいい……」

「じゃあ殺されろ！　オレは行くぞ！　まだ助かるかもしんねぇからな！」

吐き捨てるように大鳥は言った。


「ぐひ……ぐひ……エモノ……エモノ……エモノォ……」

ハンマー男はそう言いながら、皆に近づいてくる。

「早く来い！」

「い……いや……死にたくない！　……こんなのに殺されたくないっ!!」

「コロオォォォッ!!　コロオォォォォッ!!　コロオォォォォスッッ!!」

「きゃぁぁぁぁああ!!」

「来いッ!!　……」

大鳥は奈々美の手をガシッとつかんで引き寄せた。

ウィイイインンン!!　ガシャンッ!!

扉が閉まった。

「怖かったッ！　怖かったよォォォッッ!!」

奈々美は泣き始めた。

「泣くなッ！　泣くなッ！　もう大丈夫だッ！　危機一髪だったな」

「まったく、何考えてんだッ！　殺されるところだったぞ……」

監視室では、山下があえいでいた。

「……うぐっっ!!　……か……体が……体が変化してきやがった……はぁ……はぁ……い……一階はクリアしたか……だが……まだ二階が残ってる……はぁ……はぁ……さて……何人……生き残るかな⁉　……楽しみだぁ……クックックッ……」

山下は苦痛の表情を浮かべながらも笑おうとした。


六人の前に階段が現れた。

「早くこの階段を上ろう……」

「お……おう」

「ハ……ハンマー男の声が聞こえなくなった……二階に上がると消えるのかな……⁉」

「それより、また廊下だ……」

「しかも、薄明かりになってる……」

「やっぱりまだ、〝常識的〟な動きはしちゃいけないのかな……⁉」

「そ……そのとおりだよ西岡!　ハア……ハア……」

山下の声がした。

「第二ステージへようこそ!　ハア……ハア……ハア……と言っても、こ……このステージが最後になるかもしれないけど!　ぐっ……く……」

「最後……⁉　どういう意味だ⁉」

「さぁねぇ……それはハア……、まだ言えないねぇ……このステージでは、扉の貼り紙を見たとおり、ブレスレットを五個取るためにハア……ハア……、己を試されるステージさ！　まぁ、な……何が試されるのかは、す、進んでからの……お……お楽しみだけどね……ハア……ハア……」

「なんだ、こいつ……さっきから、息上がってねぇ……⁉」

「ほ……ほんとだ……」

「死ぬ寸前なのかな？」

「だといいけどな」

「それよりも、ここを抜け出すこと考えようよ」

「そうよ！　こんなとこで人生終わりなんて絶対嫌だよ！」

「ホント、そうだな」

「ブレスレットはあと何個集めればいいの？」

「一階は五個見つけた、そしてあの扉を開けるのに、五個使ったから、残りは二階に五個だったな！」

「残りは五個か」

「こんなもののために、やっきになってると思うと嫌気が差すぜ」

「山下を見つけ出すまでしょうがないさ」

「絶対、生き延びて、あの野郎をブッ殺そうぜ！　仇《かたき》を討ってやるんだ」

「うん」

桃子が頷く。英子と菱川も深く頷いた。

皆は慎重に辺りを見回しながら廊下を進んだ。

「ところで、えらく長い廊下になってんなぁ……」

「また、一階のときみたいになるのかなぁ……？」

「わからね……」

「ちょっとこのへん、調べてみようか？」

大鳥が言った。

「いいけど、単独行動はするなよ。危険だからな！」

「おうよ」

英子が新しい扉に気づいた。

「二つ、扉がある……」

大鳥が二つの扉を開けようとするが二つとも開かない。

「また、このどっちかに、入らなきゃならないのかな……？」

桃子が不安げに言う。

「たぶんな」

「窓があるけど、開かないかな、やっぱり……？」

桃子は渾身《こんしん》の力を込めて窓を押すが開かない。西岡も試してみるが開かない。

「こっちも無理か……」

「窓を開けたところで抜け出せるわけじゃないからな」

「ほんと。大鳥の言うとおり……」

「つらいな……」

ポツリと西岡が言う。

「あとは、怪しいところはなさそうね」

「てぇと、残りは、この廊下と、この二つの扉……」

「どうするの？　この扉から調べて開ける？　それとも、この長い廊下、調べながら行く？」

「扉は、何かカラクリでできていて、それを解かない限り開かないと思うから、廊下から調べよう。ブレスレットか何か、見つかるかもしれないし」

全員が同意した。

「特に怪しいところは……っとないな……しかし長い廊下だなぁ……一階と同じ構造か？」

皆が歩いていくと、新しい扉があった。

桃子が何かに気づいた。

「ねぇ……こっちの扉、一階のときみたいに札があるよ。K・S・Nって書いてある。それにこの階段を上ってきたときみたいにブレスレットをはめ込むようになっている！」

「K・S・N……待てよ、このイニシャル、どこかで見たことあるんだよな。順番はバラバラだけど」

「西岡！　このイニシャルの意味、わかるか？」

「オレもどこかで見たことあるんだよな。こんな順序じゃなかったけど。K……S……N？

……KSN？　……思い出せない、わからない！」

「英子、わかるか？」

「K・N・S……K……N……う～ん、わかんない！」

「奈々美は？」

「う～ん、さっぱりわかんない！」

「桃子は？　……わかるわけねぇか⁉」

「わからないわよ！」

「何かの略語ではあると思うんだけどなぁ、思い出せないなあ」

「ここにはめ込むブレスレットはどうすんの？　グルッと一周してないわけだから、この扉の向こうにしかないいんじゃない？」

「扉を開けてみたら？　開かない？」

「えっ⁉　扉開けるの？　さっきみたいに変質者が出てこないかな？」

「変質者？　ハンマー男だろ⁉」

「どっちだって一緒だよ。また出てきたら嫌よ！」

奈々美はおびえきった顔をしている。

「怖がってたって、なにも解決できないぞ！　ここを抜け出すことを考えなきゃどうしようもないんだ」

「グズグズしてたって始まらないし」

「そうだ！」

「大丈夫！　オレたちは必ず助かる！　生きてここから出られるさ」

大鳥は奈々美を励ました。

「……でも、友ちゃんや久美ちゃん、死んじゃったし……」

「友子たちは残念だったけど俺たちは助かるさ。そう信じようぜ！」

「大丈夫！　オレがちゃんと守ってやるさ」

「えっ……⁉　ホント？」

奈々美は嬉しげに大鳥を見た。

「必ず守ってやる！」

「大丈夫。信じようぜ！」

「ちゃんと守ってくれる？」

「守ってやるさ！　だから泣くな」

「うん！　……アリガト……」

「開けるぞ！」

大鳥が扉を開けた。

「なんだ？　薄明かりだなぁ……」

「周りを調べながら先へ進もう」

「ほんと大丈夫？　変質者、出てこない？」

奈々美はおびえた表情で言った。

「特に変わったところはなさそうだな……ん？　何の仕掛けだ、こりゃ⁉」

大鳥が何かに気づいた。

「レバーが三つある。青赤黄……信号みたいだな……」

「どれか一つ下げなきゃ先に行けないのかな？」

「ほかに仕掛けはなさそうだな……。押してみるか」

「青赤黄ってあるけど、どれから下げる？」

「この世界は非常識が正しいから、赤を下げてみよう」

西岡が言った。

「いいか？　下げるぞ！　いいな！」

皆、大鳥の言葉に頷く。

大鳥がレバーを下げるとゴーッという音がしてドアが開いた。

「よし！　行くぞ！」

「また薄暗い廊下だよ……」

「よく調べながら進もう……特に怪しいところはないな」

ゴゴゴゴゴゴッと音がする。

「な……何？　……今度は何⁉」

「な、なんだ……地震か？」

「ハァ……ハァ……またまた、と……登場……山……山下君！」

「山下！」

「地震でもなければ、雷でも……ハァハァ……ない！　ハァ……ハァ……これはね、天井が下がってくる仕掛けなの！」

「もしかして、さっきのレバーのことか？」

「菱川君、よくわかったわね。ハァ……ハァ……そうよ～ん！」

「てめぇ！　山下‼　いったい俺たちをどこまで苦しめりゃ気が済むんだ！」

「そんな口きいていいのかな？　君たちは、ハァハァ……俺のやり方に従うしかないはずだよ～ん！」

「四の五の言ってる場合じゃないよ。天井が下がってくるなら、早くここから抜け出さなきゃ！」

「ハァハァ……そう言うことよ～ん！　は……早く抜け出さなきゃダメよ～ん」

山下はあざ笑うように言う。

「そうだよ！　早く！」

菱川が大島をせかす。

「てめェッ‼　覚えてろよ山下！　絶対ブッ殺してやるからな！」

大鳥が叫ぶ。

「俺の……ハァハァ……ところまで辿り着けたらねー。またねー！」

「クッソー！　あの野郎！」

「早く！　急がなきゃ！」

「どうすりゃいいんだよ？」

「わからねぇよ！　とにかく道のまま進もう」

皆は走り出した。

西岡が何かに気づく。

「ん⁉　これって……みんなちょっと、待ってくれ！」

「何⁉　いったい何⁉」

「ブレスレットがこんなところに……」

ブレスレットが床に落ちている。

「ホントだ、ブレスレットだ！　めちゃくちゃ手の届くところに、あるじゃないか！」

「ちょっと待て。２９１１って書いてある。ブレスレットを取るための暗号じゃないの？　どうする？」

「取ろうよ！　こんな近くにあるんだぜ。取らなきゃ損だろ⁉」

「大丈夫か、ホントに⁉」

菱川は心配げだ。

「こんな目と鼻の先にあるんだよ」

大鳥はじれている。

「じゃあ、取るか？」

菱川が言った。

「待ってくれ!!　オレが取ろう！　いいだろ？」

「天井が下がってきてるよ、早くしなきゃ」

「よし、取るぞ。よっ！」

ブレスレットに手を伸ばした西岡の手に大きな剣が落ちてきて手首を切り落とした。

「ぎゃあぁぁぁぁッ!!」

激痛とショックで西岡は絶叫した。

「なッ何ィッ!!」

菱川は何が起こったのかわからない。

「きゃあああぁッ!!」

奈々美が悲鳴を上げる。

「言い忘れてたけどハァハァ、このステージではハァハァ……ブレスレットを取るためにハァハァ暗号を解かなきゃいけないんだよ。それを無視したからハァハァ……そんな目に遭ったハハハハハッ！」

「いてぇ〜いてぇ〜よ〜」

「西岡！　すまねぇ……すまねぇ……」

大鳥は今にも泣きそうな顔をしている。

「まずい！　天井が下がってきてる。早くここから、抜け出さなきゃッ!!」

「そうだよ！　早く！」

「早く、ハァハァ……抜け出さなきゃヤバイよ〜！」

山下はあえぎながらもからかうように言う。

「とにかく急ごう！」

「手首は持ってってネ〜！」

小ばかにしたような山下の声がする。

「いてぇ〜いてぇ〜……」

奈々美があらぬ方向を見てつぶやいている。

「次は私の番だ！　次は私の番だ！」

「しっかりしろ！　奈々美ッ!!　行くぞ早く!!」

大鳥が奈々美の手を取った。

「ヤベェ〜……天井が下がってきてる！　急ぐぞッ!!」

皆、一斉に走り出した。

「どっちだ！　どっちに行きゃいいんだッ!!　ここか！　違う！　ここか！　違う！」

「おい！　何かドアが見えるぞ！　あれじゃねぇかッ!?　こっちにもある！」

菱川はガンッガンッとドアをたたいた。

「ひらけー！　ひらけー！」

桃子もドアをたたく。

「こっちはレバーが三つあるよ！　青、赤、黄ってあって、赤だけ下向いてる！」

奈々美が言った。

「それでいいだろ！」

「ホントに、ホントに大丈夫⁉」

「四の五の言ってる場合じゃねぇぞ！」

「上へ押すぞ！」

大鳥が赤のレバーを上げると、ガシャンッと扉が開いた！

「よし、行くぞ！」

皆が扉に入ると、ガシャンッと扉が閉まった。

「オレたちが入っちまうと扉は閉まるんだ」

「どうやら、もう大丈夫のようだな」

「いてぇ～いてぇ～……」

「すまねぇ西岡、オレのために」

「もうイヤ～。もうイヤよー！　こんなところー！」

奈々美は頭を抱えて座り込んだ。

「オレたちー助かるかなー。山下のところまで辿り着けるかな~?」

菱川が不安げに言う。

「心細いこと言うなよ! 絶対に山下の奴をブッ殺してやるんだろ?」

「大鳥君の言うとおりよー。絶対に助かるって信じなきゃ!」

「助かるよネ。私たち助かるよネ!」

「おい誰か、ハンカチかなんか持ってねぇか? 西岡の出血を押さえなきゃなんねェッ」

「私持ってる! ハイ!」

「これでちょっと押さえててくれッ」

大鳥は西岡にハンカチを渡した。

ハンカチはみるみる赤く染まっていく。

「いてぇ~……いてぇ~よ~……」

桃子たちは服の一部を破り取って裂き、西岡の腕全体をきつく縛った。

「ひでぇ~……」

悲しげに菱川がつぶやいた。

「ひどい!」

「絶対山下をブッ殺す! しかし出口らしきところはないなぁ……」

「ねぇ? あれ、出口じゃない?」

英子が走っていって確認する。

「きっとここが出口よ」

「ほかに変わったところはなかったし」

「開けてみるぞ！」

「大丈夫？　ホントに大丈夫？」

大鳥が扉を開けた。

「なんだこれ？　この部屋に入るときの廊下じゃねぇか⁉」

「ひょっとして、振り出しに戻った⁉」

「あんまりよ～。せっかくクリアしたと思ったのに！」

奈々美が大声で泣き出した。

「泣くな！　ちょっと黙れッ！」

イライラして大鳥が言った。

「これ、さっき隣にあった扉だよね？」

「どうする？」

「どうするったって、振り出しに戻った以上、また中に入るしか、クリアする方法がないんじゃ……」

「先に進むぞ！」

一同は急ぎ足で進む。

「またレバーに辿り着いた！」

「そんな……レバーが元に戻ってる」

「今度はどうする？」

「どうって三つしかないんだから、どれか一つ下げない限り、先には進めないんじゃ……」

「順番にいくなら次は黄色だな！　下げるぞ」

大鳥がレバーを下げると扉が開いた。

「入るぞ！」

皆が入ると扉が閉じた。

「先に進むぞ！　問題は、さっきのところだ……これだ2911、何の略だ？　2911……2911……何の略だ、わからねェー」

ザァァァァーッ。

「足元に水が！」

「まさか⁉　今度は増水⁉」

「まずいよ、早く逃げなきゃ‼」

「でも暗号も解かなきゃ意味がないんじゃ⁉」

「こんなときに、西岡がいてくれたらな……2911、どういう意味だ？　に・く・い・い？」

「憎いのかな、何かが？」

「イヤ違う！」

「順序を変えて！」

「９１２１、く・い・に・い。悔いになるってこと?」

「いや、違う……」

「あぁ、水が膝まで……早く!」

焦って英子が言う。

「何かを憎んだり悔いにならないように、何かの世界観を作ろうとしてるのかもしれないよ⁉」

「何かの世界観?　世界観⁉　イイクニか⁉」

「あぁ早く!　水かさが!」

水はどんどん増え続けている。

菱川が言った。

「書くぞ!　いいな!」

「ホントに大丈夫かよ⁉」

「〝非常識〟な答えはないって言ったんだから、これしか!」

「書くぞ!　いいな!」

「イチかバチかだ!　書け!　１１９２(イ……イ……クニ)……と」

菱川が札に文字を書くと、シュンという音がした。

2階　一つ目のブレスレット

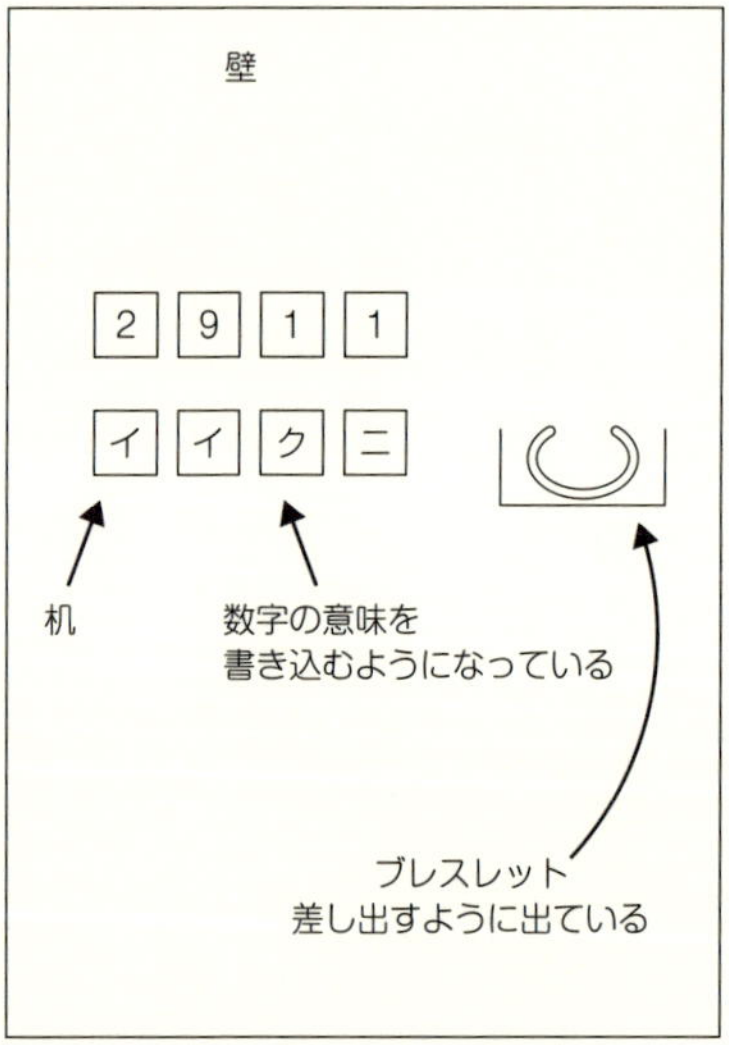

「音がしたな⁉　ブレスレット、取れるんじゃねぇか？」

「取るぞ！　いいな！」

「大丈夫？　ホントにいいの⁉」

菱川はブレスレットに手をかけたが、何も起こらなかった。

「取れたー！」

大鳥は安堵のため息をついた。


山下は苦しげにうめきながら言う。

「くあぁぐぅぅぅ……ハァハァま……まだ大丈夫のはずだ。一個……取っただけだ、ハァハァ……ま……まだ」

「フゥー」

「良かったぁ～」

「安心感に浸ってる場合じゃないよ。早く逃げなきゃ！」

「そうだった。急いで出口探すぞ！」

「黄色のレバーが下がってる！」

「これを上げるぞ！」

ガシャンと扉が開いた。

「た……助かったぁ～……」

「ねぇ、今のレバーって、レバー下げるところと連動してるんじゃないの？　だって最初は赤を下げたでしょ。ここに辿り着いたら、この赤のレバーが下がってた。二回目は黄色だったでしょ。そして今は黄色が下がってた！」

「ってことは連動してるんだな。やっぱり厄介だな！」

大鳥は眉をひそめる。

「ねぇ？　私たちここから出られるのかなぁ⁉」

「何言ってんの？」

「絶望的なこと言わないでよ！」

英子と奈々美が桃子を責める。

「だって、もう次で三回目よ⁉」

「三回目⁉　ん⁉　待てよ！　ここ上ってくるとき、壁の貼り紙に、己で試すって書いてあったよな⁉」

「書いてあったな。反対向けて読んだら、己で試すって！　己で試すって、こういうことなんじゃないか？　しかもあの数字の意味は五回までってことで⁉」

「なんだって？」

「えー！」

「そ……そんな」

「まさか⁉」

「ハァハァ……そのとおりだよ菱川君！　ハァハァ……あの数字と漢字の文字の意味は、ここを五回までの間に出なければならないんだよ！　こ……ここを、五、五回までの間に出なければ、君たちは永久にここから出られないんだよ」

「そ……そんなー！　あんまりよー!!」

　奈々美がまた泣き出す。

「マジかよ！」

「カッカッカッ！　泣け泣けー！　ハァハァ、僕の復讐は終わらないよ～ん！　ハァハァ……じゃ、またね～ん」

「どうするの？　あと三回しかないのよ！　どうするの？　ねぇ!?　どうするの？」

「うるせえッ奈々美!!　菱川、どうする？」

「どうって、ブレスレットを見つけて前へ進むしか……!?　西岡が心配だ!!　ここから出よう！」

　菱川はレバーを下ろし、扉を開け、皆で西岡の元に急いだ。

「西岡！　大丈夫か？　生きてるか？」

　菱川が心配げに聞く。

「なんとかね！　でも目がかすんできたよ！」

「大丈夫かよ！　ホントに!?」

　大鳥は今にも泣き出しそうな顔をしている。

「大丈夫さ。こんなとこで、死んでたまるか！　ブレスレットは取れたかい？」

「一個だけ取れたんだけどよ、まずいことになった」

「山下のアナウンスだろ？　聞いてたよ。己を試されてる上に、五回までしかチャンスがないんだろ？」

「何かいい考えはないか？」

「残念だけど、何も浮かばない。ゴメンな。K・N・Sの文字だって考えてるけど、思い出せない。力になれなくてゴメン」

「いいんだ。お前が来たら謎も解けるかと思ったけど、こんな状態だ、しょうがない」

「またブレスレットを取って戻ってきてよ。僕もここで、アドバイス考えてるから……」

「頼むよ」

「次も一人で、大丈夫か？」

「大丈夫だ」

「西岡、本当にすまねぇな、オレのために！」

「いいさ。早く行けよ」

「えー、また行くのー、だってあと三回しかないのよ！　三回よ、三回……!?」

　奈々美が不満げに言う。

「行くんだよ！　行かなきゃ解決できねぇ」

「怖いよー！　何が起こるかわかんないし！」

「じゃあ、お前ここで、待ってて。西岡についててやれ！」

「えー⁉」

「どっちなんだよ、前に進まなきゃ解決できねぇぞ！　西岡はもっとつらいんだ！」

「そうよ奈々美。西岡君はもっとつらいのよ！」

「でも守ってくれるって言ったじゃん！」

「守ってやりたいけど、一緒に来なきゃ、守ってやれるものも、守れねぇだろ⁉」

「そ……そーだけど！」

「勇気を出して行こうぜ。山下をブッ殺してやるんだろ？」

「そーだけど……絶対守ってよネ！」

「守ってやるさ絶対に！」

「私たちも守ってあげるから！」

「わ……わかった」

「よし！　行こう！」

「しっかし、この扉のＫＮＳって文字、何の略だったかな、まだ思い出せない！」

「思い出せないか……扉を開けるぞ⁉」

　大鳥が扉を押した。

　キィイイィッ……と音を立てて扉が開いた。

「特に怪しいところはないか？」

「ない！」

桃子が答える。

「こっちもない」

英子も言う。

歩いているうちに、また同じレバーの場所に来た。

「また辿り着いたよ、レバーのところ！」

「ブレスレットに意味があるんだよ。絶対に！」

菱川が確信に満ちた表情で言う。

「お前もそう思う？」

「ああ。レバー下げるぞ！」

「大丈夫……⁉　ホントに大丈夫……⁉」

「さっきは黄色を試したから、今度は青だな！」

レバーを下げるとキィイイイッ……と扉が開いた。

「よし、行くぞ！」

「うん！」

奈々美は思いつめた表情をしている。

「どうした奈々美⁉」

「わ……私……ここで待ってる⁉」

「あ？　また、何言ってんだお前……⁉」

「こ……怖いもの！　死にたくないもの！」

「はぁ……また何言ってんだお前？　早く来いよ！　解決しなきゃ、ここから出られねぇんだぞ⁉」

「やっぱり、ここで待ってる！」

奈々美は動こうとしない。

「勝手にしろッ！」

「そんなー置いてかないでよー！」

「だったら早く来いッ、守ってやるから‼」

「待って～！」

奈々美は大鳥の腕にしがみついた。

「バカ！　力入れすぎだ」

「だって怖いんだモンッ！」

「レバー下げたけど、まだ仕掛けは、作動しねぇみたいだな」

「大丈夫……⁉　大丈夫よね⁉」

「しっかし、なんでこんなに道がクネクネしてんだ？　特に怪しいところはないな⁉」

「ねぇ、二つ目のブレスレットじゃない？」

壁にフックがかけてあり、そこにブレスレットがかけてある。

「ホントだ！　また取れやすいようにはなってるけど、暗号解かなきゃダメだよな、きっと」

「０６９２……」

「また、こんな暗号か⁉」

ゴゴゴゴゴゴッと不気味な音がした。

「来た！」

「今度は何⁉」

「キャヤヤアアアアッッ‼」

奈々美は夢中で逃げた。

「あ⁉　お……おい！　奈々美ッ‼　バッカやろッ‼　先に逃げちまいやがってッ‼」

「でも、早く逃げないとヤバイよ‼」

「壁が、狭くなってきてる！」

「ホントだッ！　早く解かなきゃッ‼　桃子！　次もわかるか？」

「０６９２……０６９２……２（ニ）９（ク）６（ム）０（ゼロ）。さっきと、あまり変わらない！　０（オ）６（ム）９（ク）２（ニ）……何を惜しむっていうの……？」

壁はどんどん狭くなっていく。

「ヤバイよ！　二回目のときより早くなってるわ。早く‼」

「わからないよ！」

「二回目のときの暗号と繋がってんじゃねぇか？　イイクニツクロウ！　これも反対から読んで

みろ。世界観を作るための……」

「じゃあ、2が（ツー）で、9が（ク）、6が（ロ）、0が（アルファベットのオー）……ツクロウ（作ろう）」

菱川はブレスレットの下にぶら下がっている札に文字を書いた。

シュンッという音がした。

「解除されたんじゃ⁉」

「よし！　早く取ろう！」

大鳥がブレスレットを取った。

「取れた！　よし行くぞ、走れ！」

山下は怒りで全身を震わせていた。

「ピキッ‼　な……ハァハァ……なんで……わ……ハァハァ……わかったんだッ‼　ク……ハァハァ……クソッ‼　だ……だが……ハァハァ……まだ大丈夫だッ！　あと三つある！　ハァハァ……⁉　ククク……‼」

「早く逃げなきゃ！」

2階　二つ目のブレスレット

英子は夢中で走ったが、転んでしまった。

「痛ッ‼　すりむいちゃった……。みんな待って」

奈々美が皆を先導する。

「みんな！　早くこっち！」

夢中で走っている奈々美に大鳥が追いついた。

「お前、なんで先に行くんだよ！」

「だって〜怖かったんだもん！」

「バッカやろッ！　レバーを上げ……」

「待てッ⁉　英子がいない」

「まずいよ、早くしないと壁が塞がっちゃう！」

「なんで誰も気づかないんだよ⁉」

「無我夢中だったから」

「早くしないと私たちまでッ⁉　早くッ‼」

「英子ーッ！」

「英子ーッ！」

「英子ーッ‼」

大鳥、菱川、桃子が必死で英子を呼ぶ。

「みんなが呼んでる！　早く行かなきゃッ‼」

英子は無我夢中で走った。

「あ！　見えた！　早く来い！」

「ま……待って」

英子はあと少しのところで、また転んでしまった。

「もうダメだッ!!　レバー上げるぞ！　みんな、中入れッ!!」

「あ……あと……少しッ!?　手がと……とどか……な……い！」

ゴゴゴゴという音のあとに、悲鳴とともに何かがグシャリとつぶれる音がした。

「イヤアアアアッッ」

桃子が絶叫した。

「英子ちゃんが死んじゃったッ!?　英子ちゃんが死んじゃったーッッ!!」

奈々美は頭を抱えて座り込んだ。

「そんな……英子まで……どうしよう!?」

「どうしようって……」

「吉田も、坂井も、友子も、久美も、そして英子までも、死んでしまったッ！」

「もうイヤーッッ！　次は私の番だーッッ、私の番だーッ!!　もうイヤッ！　死にたくないよ！　死にたくないよッ!!」

「うるせぇーッ！」

正気を失っている奈々美を大鳥がどなる。

「ハァハァ……また一人死んじゃったようだね！　ハァハァ……これで、ハァハァ……残るは五人！　西岡も、ハァハァ、危ないから、君たちも、ハァハァ、危ないんじゃないの⁉　ハァハァ……残りの運に、ハァハァ、期待するんだね～……！　ハハハハハ！」

「あの野郎……！」

菱川、大鳥、桃子が西岡のところに戻った。

「英子が死んだのか⁉」

「あぁ……壁に挟まれて死んだ。お前は大丈夫か、西岡⁉」

「どうだろ……」

西岡は力なく答える。

「ど……どうする⁉　行く⁉」

「元気出して行くしかないでしょ。五人の死を無駄にしないように……」

「無駄にしないようにって、残りは二回だし、もう私たちしか残されていないのよ！　も……もう嫌よー！　死にに行くのは」

「だったら、お前、ここで待ってろよ！　行くのは嫌だし、待ってるのは怖いしってどっちにしても一緒じゃねぇか⁉　怖いのは、俺も一緒なんだ！」

「そうよ奈々美！　ここを出ない限り、生きて帰れないのよ！　怖いのはみんな一緒よ」

「どうする⁉　行くか、待ってるか⁉」

「わかった！　じゃあ待ってる。でも、ちゃんとみんな無事帰ってきてよ。私だけ置いていかないでよ。ちゃんと約束守ってよ！」

「わかったよ。帰ってくるさ！　必ず守ってやるって言ったからな」

「大鳥君、お願いね。ちゃんと守ってネ！」

「西岡にちゃんと付いててやれ！」

「よし行くか。まだ思い出せないか？　この略語？」

「う〜ん、まだ思い出せないな」

「ダメかー……開けるぞ⁉」

キィイイイッ。大鳥は扉を開けた。

「西岡君……⁉　三人とも無事に帰ってくるかなあ、私たちここから無事に出られるかなぁ……？」

「……だ……大丈夫！　……みんな出られるさ……ちょっと疲れたから眠る……」

西岡は目を閉じた。


三人は足早に進む。

「レバーのところまで、行こうぜ。あれを下ろした先にしか、ブレスレットはないと思うから」

「あ……あぁ」

菱川、大鳥、桃子がレバーの元に走っていく。

「三つともやっちゃったな……⁉　どれ下げる？」

「赤にするか？　いいよな⁉」

菱川が確認する。

大鳥と桃子が頷くと、菱川はガシャンと赤のレバーを下ろした。

「三つ目のブレスレットのところまで、小走りで行こうか？　どうせ、あそこしかブレスレットはないし、仕掛けもすぐ作動するし！」

「よし」

「わかったわ」

桃子と大鳥は菱川に続いて走る。

「相変わらずわかりにくいなぁ⁉」

「ねぇ⁉　あれじゃない、三つ目のブレスレット⁉」

桃子がブレスレットに気づいた。

ブレスレットの下には札がぶら下がっている。

「桃子、ちょっと見張っててくれ。オレたちで考えるから」

「あ、うん」

「この白紙の中に漢字を入れよ。何文字でもいい」

「また難しい問題だな。また、さっきの続きかな⁉」

「さぁな……」

西岡と、みんなを待っている奈々美は不安が爆発しそうだった。

「大丈夫かな？　大丈夫かな⁉　みんな死んじゃうなんて嫌だよ！　……ねぇ西岡君⁉　三人とも大丈夫かな。西岡君……西岡君⁉」

　奈々美は西岡の口元に手を当て、息をしているか確かめる。

「…し……死んでる……！　西岡君⁉　怖いよ……一人にしないでッ‼　西岡君！　西岡くぅ〜んッ‼」


「ハァハァ……また一人……死んだ……ッ‼　あと……ハァハァ、残るは四人だ……ハァハァ……このことは菱川たちが、ハァハァ……戻るまで黙っておこう……ハァハァ……クク……」

　山下は息をするのもやっとのようだ。

　そのとき、菱川たち三人は、またしても危機状態にあった。

「マズイよ！　今度は、レーザー光線みたいに、三本間隔空けてこっちに来る。三回目より早くなってる！」

「マジかよ！　急げ！　菱川っ‼」

「そんなこと言ったってッ⁉　漢字を入れろってッ⁉」

「ヤバイ！　もうダメだ！　行くぞッ！　菱川ッ‼」

「そんなこと言ったって、もうあと一回しか、ここ通れないんだぞ！」

「死ぬよか、いいだろ！　ほかの方法考えよう！」

「ほかの方法つったって、ここしか答えはないだろ⁉」

「うるせぇ！　早く行くぞ！」

「クソッ‼」

「上げるぞ！　黄色のレバー！」

「どうすんだよ！　結局一個も取れなかったぞ！　もう一回しかチャンスはないぞ」

「何か方法はあるはずだ。何か……」

「方法ったって、どんな？」

「今はまだ、わからね！」

「ないんじゃねぇか、バカッ‼」

「だから今も考えてんじゃねぇか、アホ‼」

「なんだ、その言い方⁉」

「なんだよ！」

「やめなよ！　ケンカしてるときじゃないよ」

そこへ、山下の息も絶え絶えな声が降ってきた。

「そ……そうだよ……ケンカしてる……ハァハァ……ときじゃないよ……ハァハァ……ブレスレットは、一個も……ハァハァ……取れなかった……ハァハァ……ようだね……もう、ハァハァ……あと一回しかないのに、ハァハァ……大丈夫かい？　ゲラゲラ……キミたちに、悲しい……ハァハァお報せが、あるんだ……ハァハァ……君たちの……大切な、ハァハァ……友達の……西岡君が……ハァハァ……とうとう……力尽きちゃったのさ！」

「な……何⁉」

「……ハァハァ……さすがに、ショックは……大きいようだね……果たして、ハァハァ……君たちは、フーハァ……ここからハァハァ……無事出られるかな？　楽しみだぁーッ！　またねー……」

「西岡が死んだ⁉」

菱川、大島、桃子は、奈々美と西岡のところに急いで戻った。

「みんな……西岡君が死んじゃった……」

奈々美がシクシク泣いている。

「西岡？　おい西岡⁉　しっかりしろ西岡‼」

菱川は西岡を揺さぶったが、西岡はガクリと首をうなだれたままだ。

「ダメだ……」

「うぇーんッ‼　私たちも死ぬんだ‼　イヤだーッ‼」

「うるせぇ‼」

「でも本当に、ヤバいんじゃない？　だって最後の回でしょ⁉　私も絶望的になってきた……」

奈々美が泣くのもわかるよ！」

「そこで一緒に沈んでどうする！　絶望的なのは、みんなわかってんだよ！」

「ホントだ」

「行くしかねぇだろ！」

「わかったわ……行きましょ……」

「イヤよー‼　死ぬのはイヤー‼」

奈々美は絶叫した。

「じゃあ、お前また、ここで一人で待ってろ‼」

「それもヤダ！」

「どっちなんだよ！　一人もイヤだし、みんなで行くのもイヤ！　どっちかにしろ！」

「行きましょ、奈々美！　どこにいたって助からないわ。それに動いたほうが助かる確率もあがるかもしれないし」

「でも死にたくない、怖いし」

「怖いのは私も同じよ。少し勇気を出して行きましょ。それに大鳥君が守ってくれるんだし、ね？　大鳥君⁉」

「あ、あぁ、ちゃんと守ってやるさ！　ま……任せろ……あんまり自信ないけど……」

「勇気を出して行こ、奈々美！　私も守ってあげるから」

「わ……わかった……でもちゃんと守ってネ！　先に逃げたりしないでネ。置いてかないでネ⁉」

「うん！」

「よし！　行こう」

「ところで、菱川？　まだ、この英語の正式名称、思い出せないか？」

「あぁ……引っかかってはいるんだけど思い出せないんだ」

「本当に？」

「う～ん……なんだったかな～……う～ん……KNS……KNS……わからない……」

大鳥が壁にブレスレットをはめる穴が開いているのに気づいた。

「ブレスレットが二個はめられるようになってるけど、どうする？　はめとくか……？」

山下が言う。

「そ……ハァハァ、そのブレスレットを……ハァハァ……二個はめても……ハァハァ……意味ないよ。ハァハァ……英文字を書かない限り、ハァハァ……仕掛けは作動しないのさ……ハァハァ……が……頑張ってネー！」

「し……仕掛けがあるってか！　どんな仕掛けだ⁉」

「わからない……とにかく行こう」

「私たち……出られるよネ！　生きてここから出られるよネ⁉」

「そう信じるしかねぇ……」

「ジャンジャジャ～ン！　ハァハァ……いよいよこれで最後だねぇ、ハァハァ……君たちの運命を、ハァハァ……この六つの花びらがついた花で占ってあげよう！　ハァハァ……生きる！　死ぬ！　生きる！　死ぬ！　生きる！　死……ハァハァ……死ぬ……！　残念だねー！　ハァハァ……助からないよー！　ハァハァ……ハハハハハ！　これで新しい日本の企画の夜明けが始まる……ハァハァ……じゃ……」

「何言ってんだ、このクソ野郎……⁉」

「新しい日本の企画の夜明けが始まる……新しい……（S＝新）・（N＝日本）・（K＝企画）……SNK（新日本企画……まさか⁉　……ひょっとすると……）」

「なんだ？　何かわかったのか⁉」

「何かわかったの？」

「まぁね！　新しいの新はSだろ、Nは日本のN、Kは企画のKだから。ひょっとしたら、あの三つ目のブレスレットと関係しているかもしれない」

「し……しまった‼　さっきの言葉か！　そして四つ目とも！」

「ホントか？　そしてオレの考えが正しければ、入り口の英文字もそれで合ってる！　とにかく行ってみよう。時間との闘いだ！」

皆は夢中で走った。

「な……なに何⁉　どうしたの？」

「四つ目のブレスレットと入り口の答えがわかったって！」

「ホ……ホントに⁉　どうしてわかったの？」

「さっきの山下の言葉さ！　新しい日本の企画の夜明けが始まるって言葉さ！」

「そ……その言葉がどうかしたの？」

「とにかく菱川についていこう。話はあとだ！　レバー下げるぞ！」

「三人とも三つ目のブレスレットのところまで走っていくぞ！　ついてこいよ！」

菱川に続いて、大鳥、桃子、奈々美が走っていく。

「これだ！　この空欄の中に入る言葉は、『新』だ！」

「ブレスレットが飛んできたぞ！」

「早く拾え⁉　拾えったって、拾おうにもこの揺れが……お……おおおおおおおおお……よ
……よいしょ……ひ……拾った」

「つ……次いくぞ」

ゴゴゴゴゴゴッッッ、またもや不気味な音がした。

「ヤバイ！　きたぞ！　五回目は何だ⁉　……ゆ……揺れる‼　じ……地震だ……揺れるぞ！

早く‼」

「キャヤヤァァァアァッ‼」

奈々美は一人で走っていく。

「奈々美ーッ！　バカッ‼　逃げるなッ‼」

「奈々美ーッ‼」

「菱川ッ！　早く書いて！」

「〝新〟っと……」

「次だ！　ゆ……揺れる……灯りのランプが落ちてガラスが散らばってる！　足元気をつけろ。

……次はどっちだ⁉」

「こっちだ！」

「ゆ……揺れる……！　か……壁にヒビが……」

菱川、大鳥、桃子は三つ目のブレスレットのところまで走った。

「こ……これだ！　やっぱり思ったとおりだ！　漢字を書き込めって書いてある！」

「どんな漢字だ、書くのは⁉」

「日……」

菱川が言ったとたん、グラグラと建物が揺れ始めた。

「おわっ……」

ドシャッ‼

「キャッ‼」

「どうなってんの〜、ここは〜……」

「菱川っ！　早く書け⁉　壁が崩れそうだッ！」

「わかってる！　わかってるけど、揺れが……揺れがひどくて……なかなか……書けな……に
……日……日本の……書いたぞ！」

菱川が札の白紙の部分に文字を書いた。

ヒュンとブレスレットがどこからともなく飛んできた。

「早く拾え！」

菱川が怒鳴る。

「よいしょ……」

大鳥は無事、ブレスレットを拾った。

「……よし！　次……いくぞ!!　つ……次だ！」

　建物の揺れはさらに激しさを増す。

「うわぁ……ゆ……揺れる……」

「い……急げ！」

「……い……急いでるって！　……急ごうにも揺れが……。壁が崩れて……この障害物……邪魔だな」

　大鳥と菱川を待っている奈々美が不安げに言う。

「た……立って……立っていられない。大鳥君たち、まだ……かな!?　早く……えーん揺れる〜……早く来てよ〜……」

　大鳥が五つ目の漢字を書く場所を見つけた。

「あった！　五つ目の漢字の場所！　は……早く書け！　壁が崩れてる！　早く!!」

2階　三つ目のブレスレット

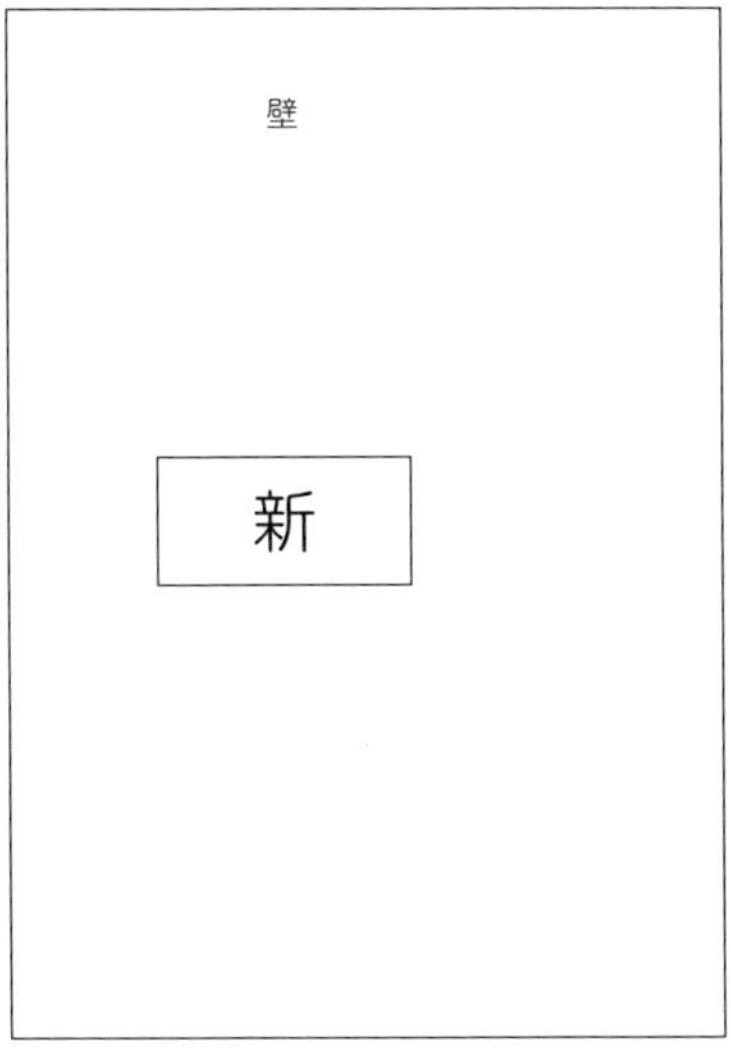

2階　四つ目のブレスレット

「き……企……画と！　……よし書いた！」

ヒュンとブレスレットが飛んできた。

「よし！　出口に向かうぞ！」

「グアァッ!!　ピキッ!!　グッ……グアァァァッッッッ!!　お……抑えられ……ハアハア……ないッッ!!　グオオオォォォォォッッ!!」

「な……なんの声だ⁉」

「さぁな……とにかく、ここを出よう！」

「お……おう！」

「うん！」

「ゆ……揺れる……急げ！」

「おおう……」

「え～ん！　誰かなんとかしてぇ～……あっ！　みんなだ！　よかった！　三人とも無事だ！　こ……こっちよーっ!!」

奈々美は夢中で手を振った。

菱川、大鳥、桃子が奈々美のところに来た。

2階　五つ目のブレスレット

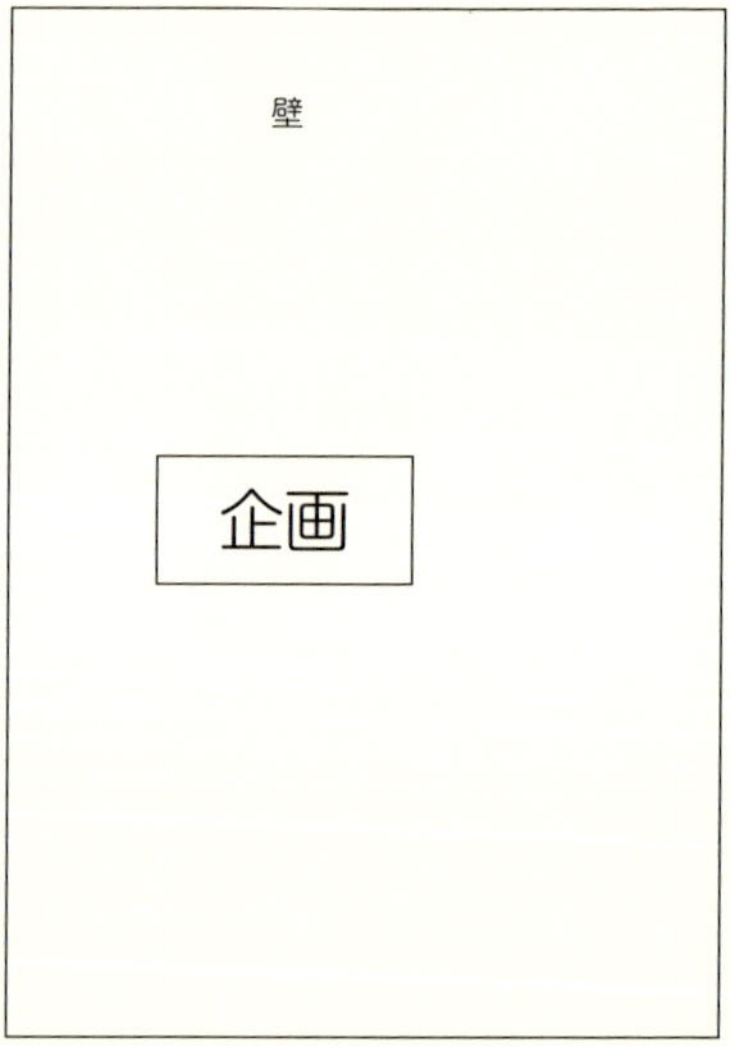

「よかった……三人とも無事だったんだね！」

「無事だったじゃねぇよ。なんで先に逃げるんだよ⁉」

「だって……怖かったんだもん！」

「話はあとだ！　入るぞ！　黄色のレバーだな！」

菱川がレバーを下ろすと扉が開いた。

「ごめん！　ホントにごめん！　ね……ねぇ？　ブレスレットは取れた？」

「取れた？　じゃねぇだろ⁉　一人で先走って死んでもしらねぇぞ！　まったく！」

「だから、ゴメンネ」

「奈々美……ダメよ、本当に先に行っちゃ。ホントに死んじゃうよ」

「ごめんなさい……」

「ホントに気をつけろよ、奈々美。死ぬぞ！」

「ホントにゴメンネ。もうしないから……」

「ところで、さっきの不気味な叫び声はなんだったんだろ？」

「さぁな……」

「ブレスレットは？」

奈々美が心配げに聞く。

「取ったよ、三個全部！」

「取った⁉　よ……よかったァァァ。ッどうしたの、みんな？　喜ばないの⁉」

大鳥も菱川も無言で暗い顔をしている。

「……奈々美！　もう五回終わったのよ。うかうか喜んでなんかいられないよ！」

「あっ⁉　そうか、五回終わったんだ。だとするなら、私たち……出られない⁉　そんなの嫌だーー！」

奈々美は泣き出した。

「泣くな！　絶望的とは限らねぇんだッ‼」

「え？　なんで⁉」

「オレの考えが正しければ、答えは出てる……！」

「菱川君、ど……どういうこと？」

「ついてこいよ！」

大鳥、桃子、奈々美が菱川に続く。

「ここに書く文字だ……⁉」

菱川は札を手にした。

「大丈夫かよ、本当に？　もう五回終わったから、間違えちゃ、何が起こるかわかんねぇぞ！」

「でも、これを解かない限り、ここを出られないよ、きっと」

「そうだよな」

「私もそう思う」

「よし！　書くぞ⁉　書いてブレスレットはめるぞ！」

「ああ」

「うん」

「ホントに大丈夫……⁉」

「K・N・SからS……N……Kと、そしてブレスレットをはめて……一個……二個……と……」

菱川が扉にある穴にブレスレットをはめると、扉が倒れた。

「行くか？　行ってみるか⁉」

「ホントに大丈夫？　五回終わったんだよ。大丈夫⁉」

「行くしかねぇよ！」

菱川、大鳥、奈々美、桃子は扉の向こうの廊下を進む。

「あれ？　青赤黄色のレバーの扉が開いてる。なんでだ⁉」

「行くぞ」

「ホ……ホントに大丈夫⁉」

「何も起こらないな……」

廊下を歩いていくと、大鳥が前に閉じていた扉が開いていることに気づいた。大鳥が「行くか？」と確認すると、菱川、奈々美、桃子は無言で頷いた。

皆が薄暗い廊下を進んでいくと、叫び声が聞こえた。

キシャヤヤヤヤヤッツ‼　ギャヤヤヤヤヤヤヤヤヤスッ‼

「なんの声だ？」

「この先に誰かいるのかな？」

「バカ言え！　もう残ってるのは、オレたちと山下のクソ野郎だけだぜ！」

「じゃ、この声は？　……山下……⁉」

「化け物にでもなってんのかな？」

「まさか……ね」

「引き返そうか？　もうカラクリは解いたんだし！」

「イヤな予感がする……」

「えー！　そんな縁起でもないこと言わないでよ。私、絶対死にたくない。ここまで来て！」

「でも、まだブレスレットは三個あるんだし、これを使わなきゃ、ここから出られないよ、たぶん」

「菱川君、よくそんな冷静でいられるわね！」

「オレだって怖いさ！　でも、このブレスレット使わなきゃ、ここから出られないよ、きっと！　勇気を出して行こうよ！　山下をブッ殺してやるためにさ！」

「わ……わかったわ！」

「お……おう！」

「ちゃんと守ってくれる？　ちゃんと守ってくれる？」

「守ってやるさ！」

「お……おう！」

「う……うん！」

数メートル進むと、桃子が扉にかかっている札に気づいた。

「何これ？　またさっきと同じじゃない……今度はK・N・Sって書いてある！　その下にこの文字の意味を書き込めって書いてある」

「さっきは、Sが〝新〟で、Nが〝日本の〟で、Kが〝企画〟だったよな？　今回は……」

グエエエアアアアッッッ。

「ま……また聞こえたよ……この扉の向こうからだ……」

「ヤ……ヤバくない？」

「引き返そうか……やっぱり！」

「これをクリアしなきゃ出られないぞ！　それに山下をブッ殺すんだろ？」

「そーだけどよ、この扉の向こうで、なんかスゴく、嫌な予感がするんだけどよ。なぁ……？」

「うん！」

「死ぬのはイヤよ！」

「じゃあ、どうする？　仕掛けを解かなきゃ、ここから出られないぞ。解くしかないんだよ、仕掛けを！」

「わ……わかったよ……K・N・S……KNS……。さっきとは別の意味のような気がするなぁ……」

「さっきとは別？　なぁ、さっきの言葉なんだっけ？」

「あぁ、さっきの？　なんだっけ？　……」

「新しい日本の夜明けの企画が始まる！　でしょ？」

「あぁ、そうだ……きっと日本を支配できるかどうか心配してんだよ！　こんな程度じゃできるわけないのに……ハハハ……」

「心配してる？」

「支配できるかどうか、真に憂えているんだよ！」

「きっと、日本を支配できるかどうか、真に憂えている……ひょっとして」

「また、何かわかったのか？」

「おおよその見当だけどね。Ｋ＝きっと、Ｎ＝日本を、Ｓ＝真に憂うっと……あとはブレスレットをはめ込んで……」

菱川がブレスレットを扉の穴にはめ込む。

ウィイイインンンと音がして扉が開いた。

「おお、開いた？」

「やったぁ！」

「よかった～！」

「これで、ブレスレットは全部なくなった！　行くぞ！」

グォォォォォッッッ!!　キシャヤヤヤヤヤッッッ!!

「あの扉の向こうで何か起こってんだよ!!」

「よ……ようやく……ようやく……グゲェッ……ようやく……僕のところまで……たど、たど……辿り着いた……ギィイイイイエエエエ～ッッ!!　よ……ようだね。さ……さぁ……そこの……よ……横の……ボタンを押すんだ！　……ホ……本当の……本当のボクに出逢えるから!!ハァハァッ!!」

「本当のボクに、出逢える……？　どういう意味だ？」

「いいから、開けようぜ!!　アイツをブッ殺すために！　ポキッポキッ、ベキッベキッ!!　早く出てこいよ！」

「押すぞ。いいな!!」

「……うん……」

「ホ……ホントに大丈夫？」

菱川がボタンを押すと扉が開き、山下の叫び声がした。

「キシャヤヤヤアアアアアッッ!!　……」

そこにいたのは化け物だった。

「キャヤヤヤアアアアッッ!!」

奈々美が絶叫する。

「う……うるせぇ……お……女だッッ!!」

化け物はナイフを投げた。

「危ねぇーッ!!」

奈々美をかばった大鳥の手にナイフが刺さった。

「グァァッ!!」

大鳥は激痛に耐えかねて叫び声を上げた。

「お……大鳥ッ!!」

「大鳥君ッ!!」

「キャヤヤァァァァッッ!!」

奈々美はまたしても狂ったように一人で走っていってしまった。

「あっ!!　奈々美ッ!」

「オ……オレたちも逃げるぞッ!!」

「そうするかッ!!」

「逃げるっていってもどこへ?　来た場所から?」

「知るか、とにかく逃げるぞッ!!」

菱川、大鳥、桃子は無我夢中で走った。

「ま……待て~ッッ!!」

怪物になった山下が追ってくる。

「うわぁーッ!　追いかけてくるーッ!!　ど……どうすんだ?　どこに……に……逃げれば?」

「知るか、とにかく道があったら、そこへ行こうッ!!」

「と……扉は開いてる!　どっちのほうに逃げる?」

「こっちのほうが近い!　こっちだ!」

「ま……待てーッ!!」

「し……しつこく追いかけてくる!　な……奈々美は?」

「叫び声とともに真っ先に逃げたからわからねぇよッ……!　とにかく逃げろ!　……で……出るぞ!」

「ま……待て～ッ!」

「あ～ん……なんでそんなに、私たちを殺したがるの～ッ!!　私たちが、そこまで、アナタに何をしたって言うの～!」

「な……何を……した?　き……君たちは、い……いつもそうだ……ちょっと変わった……ものを見ると……イジメたり……差別したり……いつも……あ……当たり前な……じょ……じょうしきや……い……一般的な……じょ……じょうしきに……捉われたりする……」

「そ、そうか。だ、だから……」

「そ……そうさ……だから……こういう世界を作って……オレたち……よ……妖怪でも、い……生きていける……しゃ……社会を作って、しらしめて……や……やったのさ……」

「け……けど、そんな社会を作っていけるのかよ……!」

「こ……ここを本拠地に……これから……作って……いくのさ!　差別のない……イ……イジメ

のない……どんな……姿……形でも……構わない世界……それが真の目的さ……」

「で……でも、みんながみんな、そうじゃないでしょ？　アナタは間違ってるわ、世の中には、イジメや差別を根本的に嫌ってる人だって大勢いるでしょ？」

「ち……小さい……頃から……イジメや……さ……差別を……受けて……きたことがない……き……君たちには……わから……ないさ……ぼ……僕が……どんなつらい思いで、生きてきたのか、わからないさ！」

「そんなことないわ、きっと善い人だって、いたはずよ！　あなたは、そのことに目を背けてきただけよ！」

「も……もう……て……手遅れさ！」

「そんなことない！」

「もう無理だ！　こいつには何を言っても通じない！　こいつはもう人間じゃない。化け物さ！」

「とにかく、ここを抜け出ることを考えようぜ！」

「ハァハァ……ドアが開いてる。こっちも……」

「ま……待て～ッ！　つ……つぐなえ～!!」

「た……助けてーッ！」

「こっちに来る！　早く逃げなきゃ！」

夢中で走っている奈々美は、来たときの入り口まで辿り着いた。

「何か書いてある……7……1……92……こ……これって二階にいたときと、意味同じじゃない！　えーそんなぁ、やっとここまで来たのにぃ、そんなのないよォ〜……」

　奈々美のあとを追った菱川たちは、ドアが開いているのを見つけた。

「ド……ドアが開いてる！」

「こ……こっちも……」

「よ……よし、行こう！」

「待て〜ッ！　つぐなえ〜ッ!!」

「お……。これは、来たときの入り口だ！　良かったな開いてて……ん……あれ、奈々美じゃないか？　奈々美ッ!!」

　奈々美のそばには友子の死体があった。

「と……友子……」

「友ちゃん……」

「あッ！　みんなッ？」

「オマエ、なんで先に逃げるんだよォ、いつもいつも！　いい加減怒るぞッ!!」

「ゴメ〜ン！　ホントに怖かったんだもんッ!!」

「先に行くなよなぁ」

「ダメよ〜、先に行っちゃ」

「ホントにゴメンッ。ねぇッ!?　二階のときみたいになってて、扉が開かないの」

「マジかよ！　山下はもう、近くまで来てるぞ。どうすんだよ、どうすんだ!?」

「静かにしろ、今考えてる。71……92……」

「どこ行ったーッ！　逃がさんぞーッ!!　つぐなえーッ！　どこだーッ!!　どこ行ったぁーッ！」

怪物になった山下は、ものすごい形相で菱川たちを探している。

「声が聞こえるぞッ！　ずっと叫んでるッ!!」

「どこだぁーッ！」

山下は悔しげに壁を殴りつけながら走っている。監視室を出た上に、怪物になってしまって目や耳が利かないと見え、ただ、勘だけで菱川たちを追ってくるかのようだった。

「どこだーッ！　逃がさんぞーッッ!!　つぐなえーッ!!」

「お……おい!?　どういう意味だよ」

「日本語も書かなくちゃいけないんだぞ!!」

「71……92……（ナイクニ）（無いくに）何もない国にするのか!?　いやたぶん違う……1792（いないくに）誰もいない国を作るのか……恐らくこれも違うだろ……」

「どこだーッ！　どこ行ったーッ!!」

「お……おいッ!?　声が近くなってきてるぞ！　早くしろよ！」

「ホントよ！　早くしないとッ!!」

「わ……わたし……私まだ若いのに、こんなところで死にたくないッ!!」

「あー、わからねぇッ!!」

「どうすんだよッ？　どうすんだッ⁉」

「うるせッ！　お前らも少しは考えろッ‼」

「い……入り口……付近まで……き……来てしまったな……ま……まさか……ドアをあ……開けて……そ……外に……出たんじゃ……いや……あそこには……さ……最後の難問がある……解かない限りは、で……出られない！　あ……あと……四人だ……ケッケケケッ。さぁ……入り口付近まで……き……来たぞ！　……四人全員いるかな……！　つぐなえーッ‼」

「近づいてるぞ！　早くしねぇと！」

「わかってるよ！　71……92……1（イ）1（イ）9（ク）2（ニ）7（七つ）……いや違う！　こんな世界七つ作った程度じゃ、こいつの世界観は作れない！　それに七って数字にも深い意味はないだろ、たぶん……。2（ニ）9（ク）……7（ナ）1（イ）……ニクナイ……憎しみがない！　憎しみがない世界ってか⁉　これなら、納得できるんじゃないか⁉　憎しみのない、奴が憎まれない、差別されない世界を、奴が作っていくっていう意味で！　でも、なんか違うんだよな。奴は社会に恨みを持っているからこそ、こういう世界を作っていくのであって」

「つぐなえーッ‼」

「わぁ、もうそこまで来てるッ！」

「つぐなえ〜ッ‼」

「つぐない……つぐない⁉　2（ツ）9（キュウ）7（ナ）1（イ）、〝つぐない〟だ！」

「あ……あ……」

「キャャャャアアアアッッ!!」

再び化け物の山下の姿を見た奈々美が絶叫した。

「み……見つけたッ！　……も……もう逃げられないッ!!」

「は……早くッ!!　早く書けッ!!」

「2（ツ）9（グ）7（ナ）1（イ）……と、そして日本語……ツグナイ……と」

菱川が文字を書くとガシャンという音がした。

「し……仕掛けを……と……解いたぁ……そ……外に……で……出るなァァァァッ！」

「そ……外に出るぞッ!!　走れェェェェッッ」

「ま……待てェェェエッッッ!!」

「わぁぁッ！　まだ追いかけてくるッ!!」

「キャァァァッッ！　もう来ないでェェェッッ!!」

「どうしたらいいの？」

「は!?　これは、山下のテリトリーなんだよ

最終ステージ

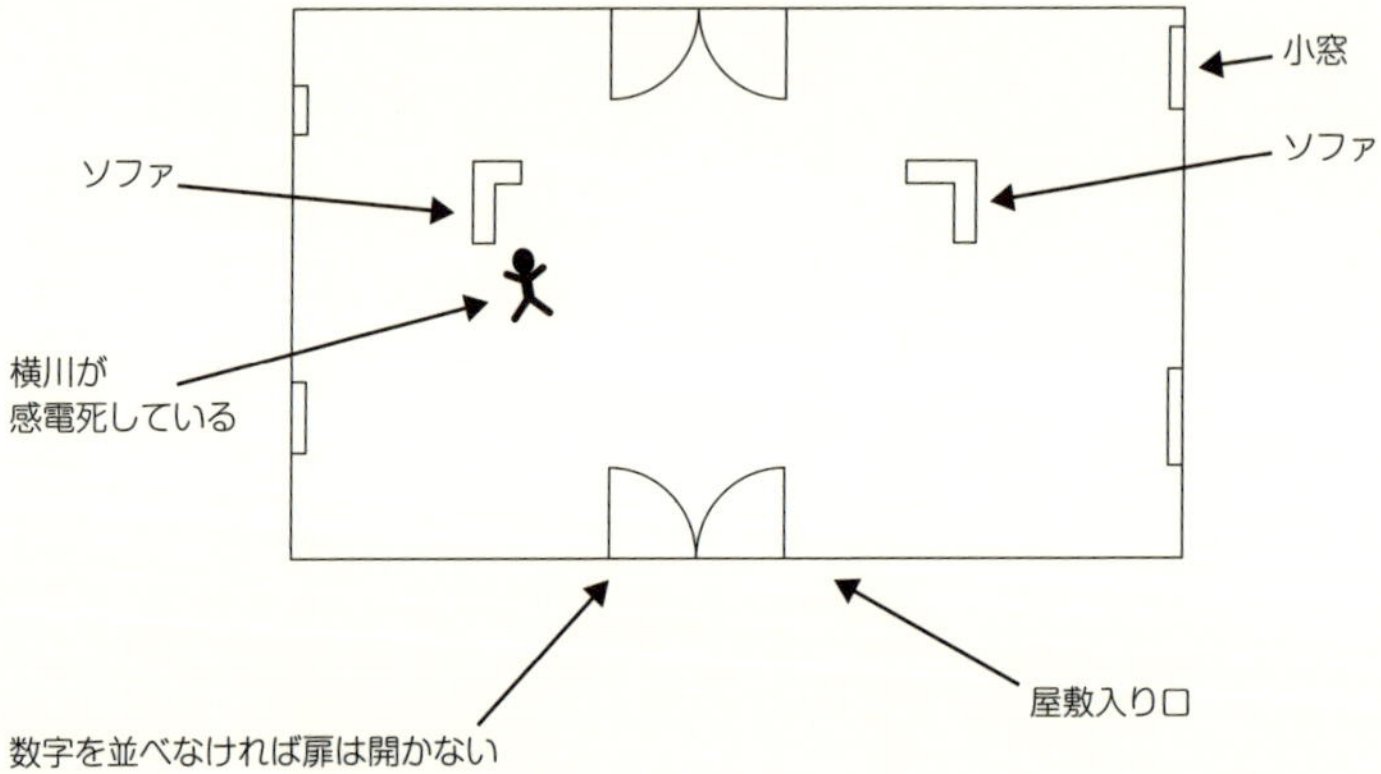

数字を並べなければ扉は開かない

最後は二つ文字を書かなければならない

な⁉　じゃあ、テリトリー外まで走って逃げれば、奴は死ぬかも！」

「ま……待ってェエッツッ……ハァハア……ちょっ……ちょっと休憩……」

「い……今だ！　走れッ‼」

「し……しま……しまったァアアアアアアッツッツ！　ケキヤヤヤァアアアアアアッツッ‼」

シユウゥゥゥゥゥウッ。

山下はどんどん縮んでいって……、そして、ついに消えた。

「た……たす……助かったァアアアアッ……」

「た……助かったんだァアアアッ……」

「良かったァアアアッツ……」

「予想外ばっかで、マジで死ぬかと思ったァアアアッ……」

「た……助けてやるって言って、助けてくれなかったんだね」

「先に逃げたのはどっちだよ⁉」

「まぁまぁまぁ、ケンカするなよ。助かったんだから！」

「大鳥、手は大丈夫か⁉」

「なんとかね！　痛いけど……」

「これから、どうする？」

「さぁな……死んだ奴らには悪いけど、こんなゲームは、もうゴメンだぜ！」

大鳥が言いかけたとたん、声がした。

「た……たすけてくれェエエエッッッ」

「キャヤヤヤアアアッッ……」

「待てェエエエッッッ……」

「ん⁉　なんだ？　何か聞こえたか？」

「少し聞こえる……」

「ま……待てェエエエッッッ」

「な……なぁ、これって、別のところで山下がもう一人いるってことなのか？」

「マジ⁉」

「ウソ⁉」

「冗談でしょ⁉」

「ま……待てェエエエッッッ！」

（一同）「エ――‼」


（了）

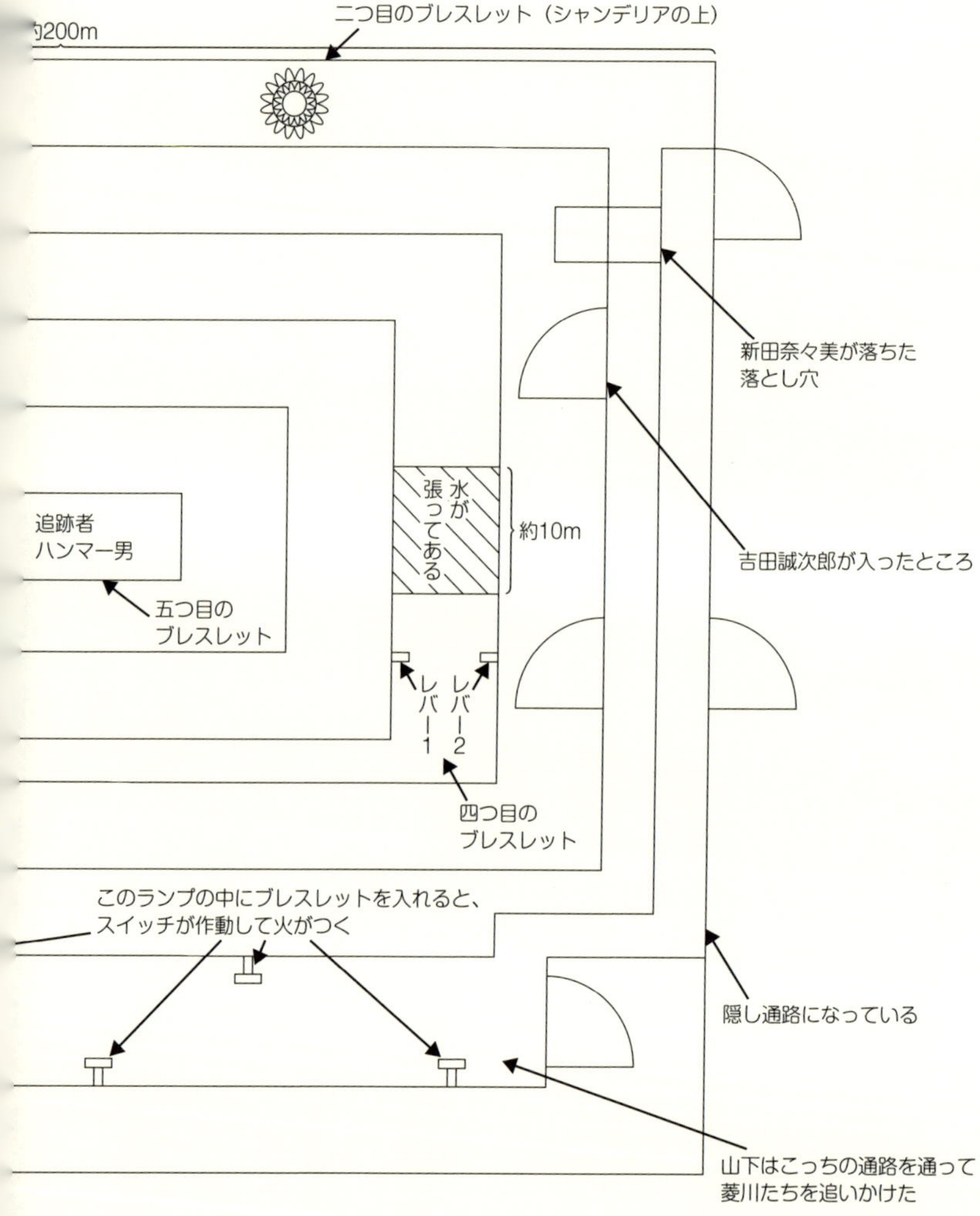

二つ目のブレスレット（シャンデリアの上）
約200m
新田奈々美が落ちた
落とし穴
水が張ってある
約10m
吉田誠次郎が入ったところ
追跡者
ハンマー男
五つ目の
ブレスレット
レバー1
レバー2
四つ目の
ブレスレット
このランプの中にブレスレットを入れると、
スイッチが作動して火がつく
隠し通路になっている
山下はこっちの通路を通って
菱川たちを追いかけた

モラル一階見取り図

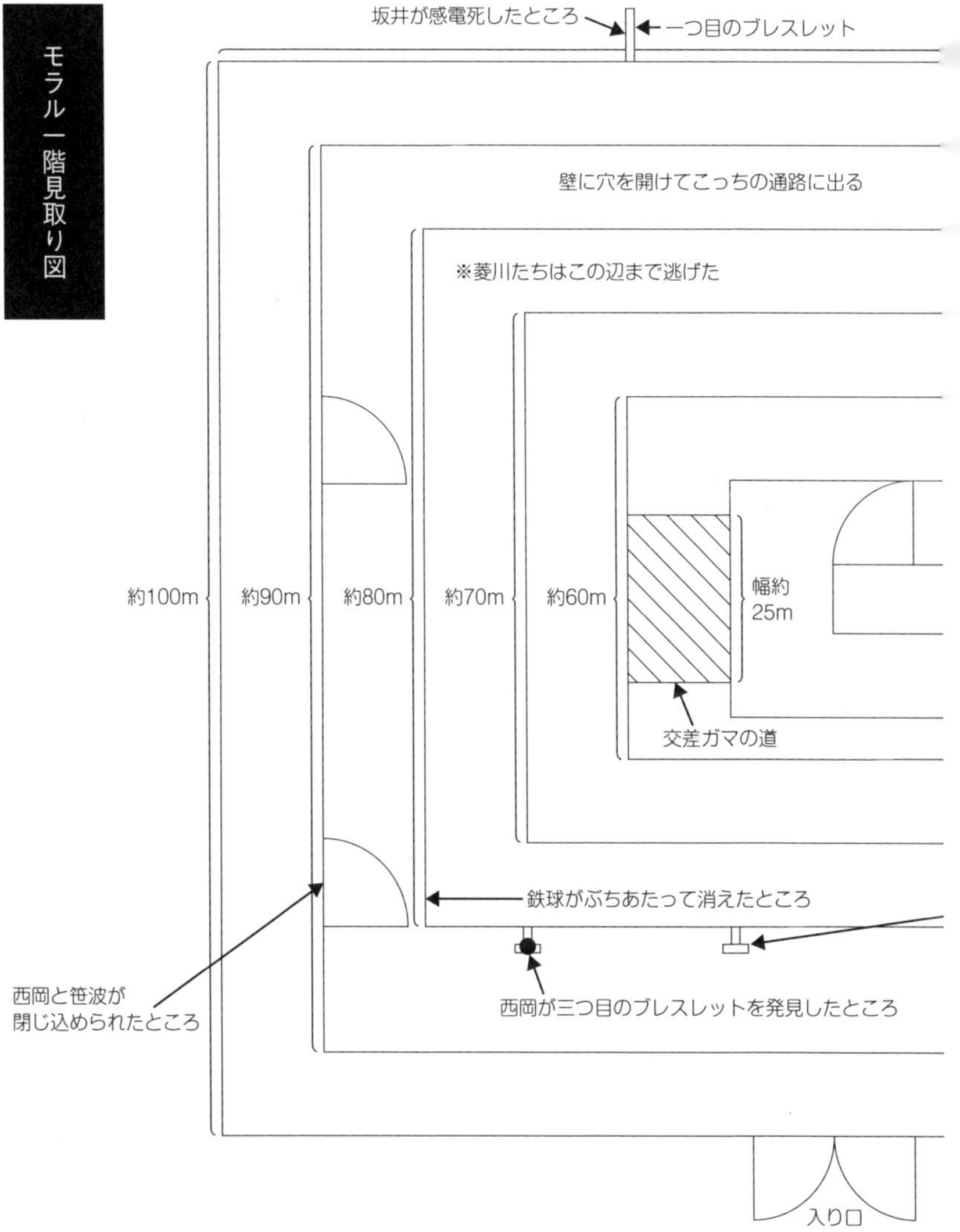
坂井が感電死したところ
一つ目のブレスレット
壁に穴を開けてこっちの通路に出る
※菱川たちはこの辺まで逃げた
約100m
約90m
約80m
約70m
約60m
幅約
25m
交差ガマの道
鉄球がぶちあたって消えたところ
西岡と笹波が
閉じ込められたところ
西岡が三つ目のブレスレットを発見したところ
入り口

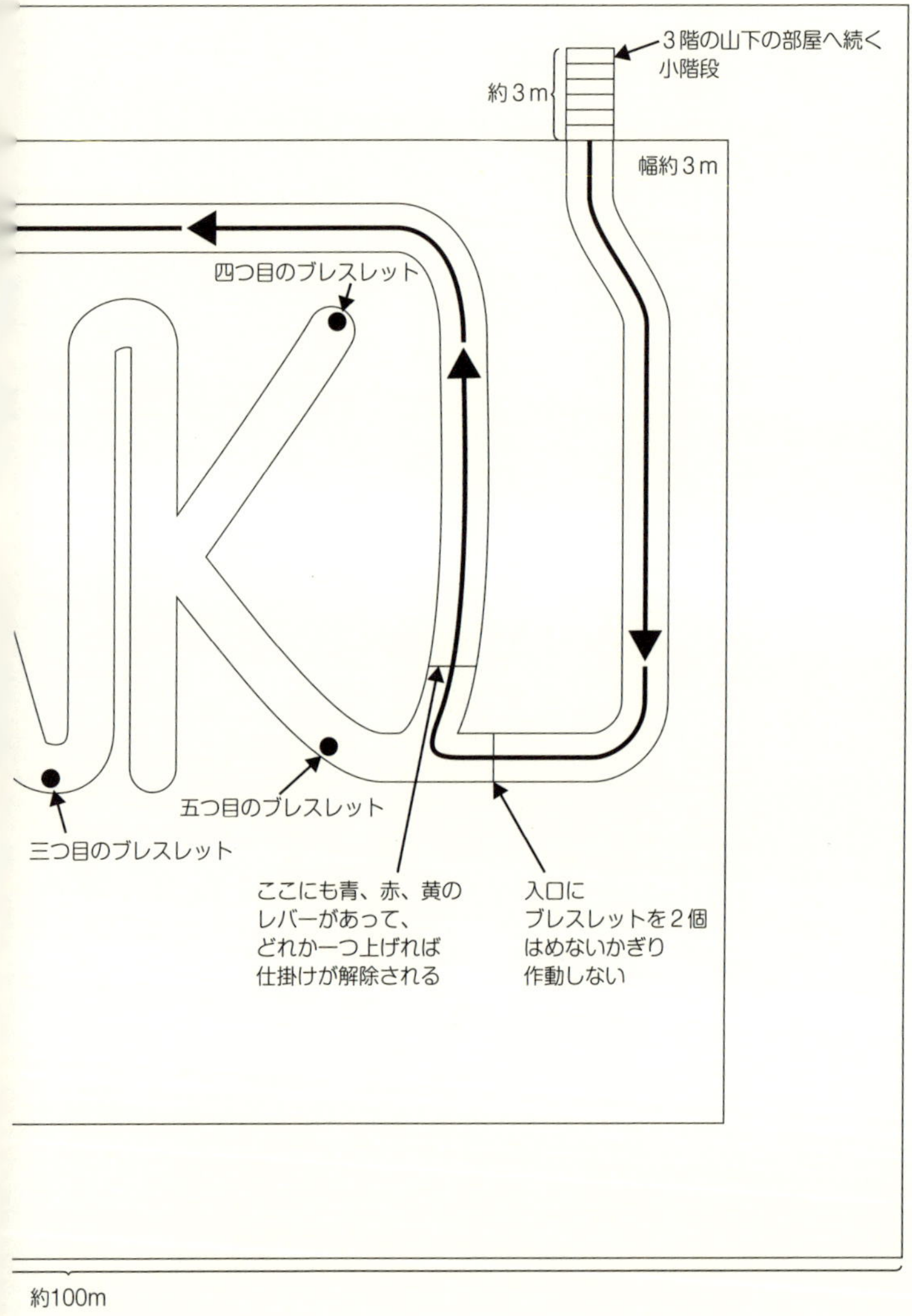

3階の山下の部屋へ続く
小階段
約３ｍ
幅約３ｍ
四つ目のブレスレット
五つ目のブレスレット
三つ目のブレスレット
ここにも青、赤、黄の
レバーがあって、
どれか一つ上げれば
仕掛けが解除される
入口に
ブレスレットを２個
はめないかぎり
作動しない
約100m

モラル二階見取り図

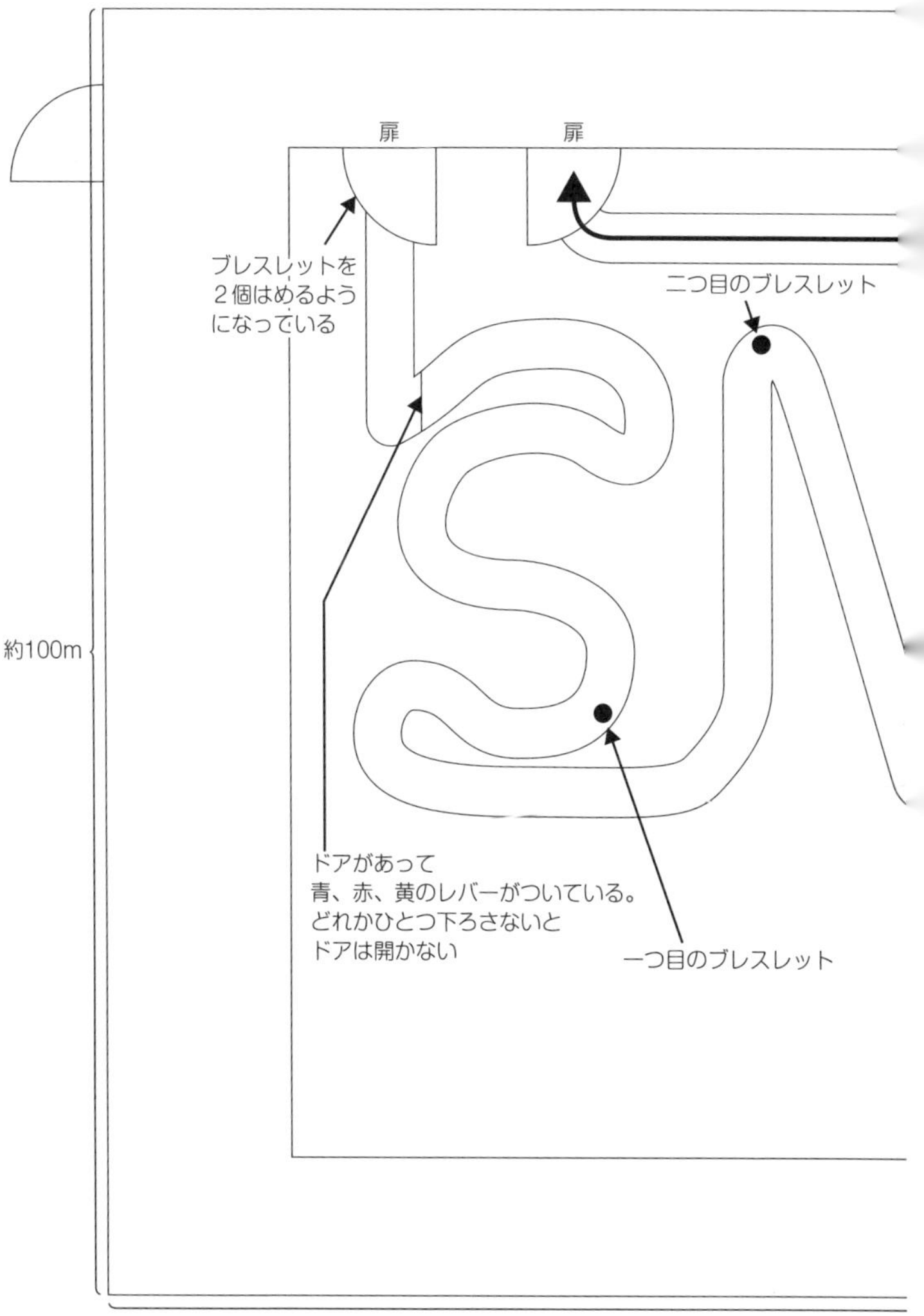
扉
扉
ブレスレットを
２個はめるよう
になっている
二つ目のブレスレット
約100m
ドアがあって
青、赤、黄のレバーがついている。
どれかひとつ下ろさないと
ドアは開かない
一つ目のブレスレット

トワイライトゾーン

新堂《しんどう》がこの街に引っ越してきて、二年が経つ。友達もそれなりにできて、高校生活もそこそこ楽しいと思うようになり、以前住んでいた街を思い出すこともほとんどなくなっていた。

その日も新堂は、いつものように友人の山木《やまき》と三島《みしま》と三人で、どうでもいい話をダラダラとしながら下校していた。

「あーあ、化学の授業ってつまんねー。あんなこと勉強して、何が面白いんだろ。将来、科学者になんてなるつもりないのに。なりたい奴が勉強するべきだよな」

山木がぼやく。

「ホント、ホント！」

三島も同意する。

「でもさ、いつか役に立つから、そのときのためにじゃないの？　未来のために！」

「未来のためにねェ？　そういや、知ってるか？　この街を五芒星《ごぼうせい》に沿って歩くと、なんでも、五年後くらいの未来を明るくできる上に、家に住みつく疫病神を追い払えるって話らしいぜ！」

「フーン、そうなんだ。五芒星は知ってるけど！」

三島が興味なさそうにつぶやく。

「オレも五芒星なら知ってる。オレたちって博識だねェ」

ダラダラと歩いていると、三島が工事中という看板のついている柵を見つけた。

「ウワッ！　工事中だよ。何か穴掘ってるみたいだ。深いのかなぁ？」

三島は興味津々だ。

「柵越えてみようぜ」

山木がニヤリと笑う。

「何言ってんだ。危ないからダメだって！」

「いいから、ちょっと来いって」

「見るだけだぞ！」

「新堂！　お前も来い！」

「えー、危ないでしょ」

「見るだけだ。来いって！」

「ホントに、見るだけだよ！」

「ホントに深いな。新堂、落ちてみろよ」

新堂、山木、三島は穴をのぞき込んだ。

「バカなこと言うなよ！」

「お前が、落ちろよ！」

「いいから」

山木がふざけて新堂を押す。

「やめろって、こんなところで危ねェッ！　や……やめ……う……うわぁぁぁッッ……」

足をすべらせた新堂は、穴に落ちてしまった。

「ヤッベッ！　マジで落ちたッ‼」

山木の顔がひきつった。

「アホォッ！」

「新堂ォーッ！　大丈夫かァーッ‼　無事なら返事しろーッ！　新堂ォーッ‼」

「新堂ーッ‼　新堂ーッ……」

「う……う……」

新堂は体に激痛を感じつつ、気を失った。


リリリリリリリリリ……。

目覚まし時計の音で新堂は目をさました。

「あ……あれ……オ……オレ、なんで寝てたんだ……た……たしか、どこかに落ちて……ダメだ。全然記憶が……な……なんだ、これ？　……え……なんだ、これ、いったい……⁉」

新堂は自分の腕に時計のような機械がはめ込まれているのに気づいた。

「ハハハハハハッ‼　お目覚めかい？」

男の声が空中から聞こえた。新堂が知っている声ではなかった。

「だ……誰だ？　どこからしゃべっている……？」

「それは、言えないねェ～。この街のどこかだよ、たぶん。ヒャハハハハ！」

「ムッカ～……おい！　てめェ、いったい誰だ⁉　こんなことしていいと思ってんのか？」

「もちろん思ってないよ。でも、そんな口きいていいのかなァ？　これから君にはゲームをしてもらうよ！」

「ゲームだと⁉」

「そうゲームさ！　君にはこれから、この街に点在するブレスレットを取ってきてもらう！　ブレスレットの数は、全部で五個！　制限時間はなし！　ただ～し、五分過ぎるごとに、目の前の、眼前の景色が欠けていくよ～ん！　これは、外に出てみればわかる。左腕についた機械の時計を見ながら、動いていくんだよ～ん！」

「景色が欠けていく？　完全に見えなくなったら、どうなるんだよ？」

「さぁねぇ～。それは時間切れになってからのオ・タ・ノ・シ・ミ！　ヒャハハハハハッ‼　僕は、この街のどこかにいるよ！」

「てめェ～ッ覚えてろよ！　必ず見つけ出してやるからなッ‼」

「見つけ出せたらの話でしょ、それは。あ！　もう一つ言い忘れたことがあった。僕の名前は、宮下《みやした》！　宮下俊夫《としお》！」

「みや……した……宮下……待てよ。どこかで聞いた名だなぁ……クソ……なぜ思い出せない……」

「ガンバッてねェ～！」

新堂は満身の力を込めて外そうとするが、機械はビクともしない。

「無理だよ！　その機械は、僕を見つけて、カードを奪って差し込まない限り、外せないよ～！

そんなことより、外に出て、解決の糸口を見つけたほうがいいんじゃないかな」

「うるせッ!!」

「いい気分だ！　ワハハハッ!!」

「ちきしょう！」

左腕の時計の表示が刻々と変わっていく。ここは自分の家だろうが、まるでなじみがない。窓から見える外の景色も同様だ。そして、人が一人もいない。

異次元か？　夢か？　このまま、この家にいても何も変わらない。元に戻るにはゲームに参加するしかないのだろうと新堂は徐々に覚悟ができてくる。

そこへ、宮下の声が響く。

「一つだけ、いいヒントをあげよう。この家にブレスレットはないよ！　とすると、あとは外しかない！　外のほうが探すの大変だと思うけど、ブレスレットの取り方は簡単！　青のボタンを押すだけ。ガンバッテねェ～！　ハハハハハッ!!」

「外かよ～！」

新堂は一刻も早く、このゲームをクリアしようと、部屋から出た。玄関ドアを開けるときに、一瞬躊躇《ちゅうちょ》した。

「な……なんか危ない罠《わな》とか、ないよな?」

恐る恐る扉を開けると、街の景色が目の前に広がる。無人なだけで、普通の景色だ。拍子抜けしたように新堂はつぶやく。

「こんなところでのらりくらりやってられない。早くブレスレットを見つけなきゃ！　しっかし、人っ子一人いない！」

やみくもに歩いているようだったが、新堂はどこか導かれるような感覚があった。五個のブレスレットは、街の中心から一定の距離の五方向にあるだろうと見当をつけた。そのとき、目の前の景色の一部が消えた。

「えっ？　……もう五分経った？　……うげっ!!　六分経ってんじゃん……ど……どうしよ……どうしよ……ブレスレット！　ブレスレット！　どこだ!!　どこにある？」

新堂は、ある家の前にいる犬の首にブレスレットが光っているのを見つけた。

「や……やった！　見つけた一つ！　い……犬も眠ってるし、取るなら今しかない。そ〜っと……そ〜っと……青のボタン、青のボタン……と」

新堂がブレスレットについている青のボタンを押すと、ブレスレットはカチャリと外れて落ちた。

「よっしゃ！　外せた！」

と同時に、犬は目覚め、大声で吠《ほ》え始めた。

「うわぁッ！　ビックリしたぁッ。で……でも、なんとか一つ取った。良かった！」

図１　寝ている犬の首にブレスレットがついている

犬はなおも新堂に向かって吠えている。

「うるせぇな。……あ！　欠けてた景色がちゃんと見えるようになった！　良かったぁ……って
ホッとしてる場合じゃねェ。早く次、見つけなきゃ！」

宮下の声が、どこからともなく、頭の上から降ってくるように聞こえてきた。

「ようやく一つ見つけ出したようだね。でも、このまま残りの四つを見つけ出せるかな？　ワハ
ハハハ！」

「ムカツク野郎だな。必ず見つけ出して、この世界から出てやるからな！」

「ハイハイ！　早くしないと目の前が真っ暗になっちゃうぞ～！」

「ゲッ！　そうこうしてるうちにもう二分経ってんじゃん。ヤベェッ！　どこだ？　どこにある
……」

「出血大サービスで、もう一つヒントをあげよう！　この街に点在する家の中にはブレスレット
はないよ。家の外にあるってことさ。少しは、探しやすくなったかな？　ガンバってね～ん！」

「外？　外にか……そうか、宮下の声、この街中に拡声器が付いているからなんだ！　クソッ!!

これじゃあ、奴がどこにいるか、さっぱりわからねェじゃねェか」

「ちなみに君の言動は監視カメラで筒抜けだ。街中、もしくは家の中にも監視カメラがあるよ」

宮下の声が響いた。

「まずい！　早く探さなきゃ。今はブレスレットを探すのが先決だ。ちきしょー、どこだよ！

この草の中はなしっと……ここにもない！　ここにもない！　どこにもない！」

目の前の景色が欠けてきた。

「ヤベエ。六分経ってる。どうしよ！　どうしよ！　見つからねえ」

新堂は隣の家の周辺も探したが、ブレスレットはなかった。

「……疲れたぁーッ！　ダメだぁー!!　オレ、このままこの世界から抜け出せないのかなぁー……ん？　あ……あれは？」

その家の電信柱にブレスレットがピッタリとはめ込まれているのを見つけた。

「早く！　早く取らなきゃ！　オレは眼はいいぞ！」

新堂は電信柱に登り、ブレスレットの青いボタンを押して、ブレスレットを外した。

「よっしゃあ！　やった！」

宮下のひとりごとが聞こえる。

「な……なんでわかったんだよ！　クソが！　このままじゃ、オレのところまで辿り着かないか？　イヤ、それはないだろ！　大丈夫だ！」

新堂は、それに答えている時間はないと無視して、三つ目のブレスレットを探すべく周囲に目をこらす。

「ここか？　違うな。ここか？　違う。どこだよ？　時間は……ヤベェ！　二分過ぎてる。ここもな

図２　電信柱にブレスレットがひっかかっている

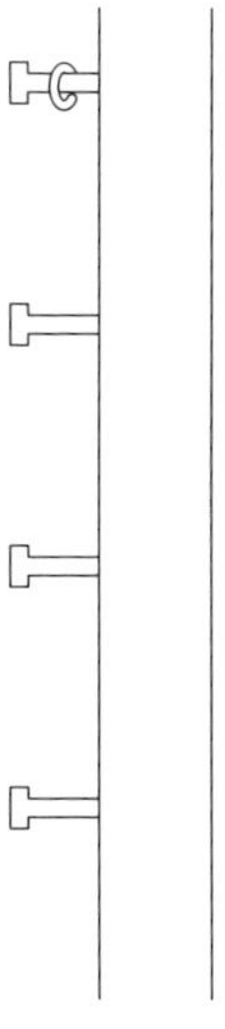

し！　おい！　てめェ、本当に家の外なんだろな？」

「恐らくね！　そんな口きくより、早く探したほうがいいよ〜。時間ないでしょ？」

「クソ！　タライ回しにされてる気分だな……あ……頭が痛い」

激痛に耐え、やっとのことで歩いている新堂の頭の中に「五芒星に沿って」という言葉がこだまする。

「なんだ……」

考え込んでいると、目の前の景色が消えた。

「ヤベェ！　早く探さなきゃ。どこだ、どこにあるんだ！　……時間は？　……ゲッ⁉　三分経過してんじゃないか……。どこだよホントに……⁉　うわッ！　なんだ、ここ。ハチがいるじゃねェかよ。うわッ！　危ねェッ！　ゲッ！　かなりデカイ、ハチの巣」

新堂はハチの巣の奥が光っていることに気づいた。

「……ん⁉　あれ、ブレスレットじゃねェか？　そ……そうだよ間違いねェ！　光ってるもの。早く、早く取らなきゃ！　ちょ……ちょっと待て。取ろうにもハチの巣が」

新堂が恐る恐る手を伸ばすとハチが襲って

図３　ハチの巣のところに
ブレスレットがある

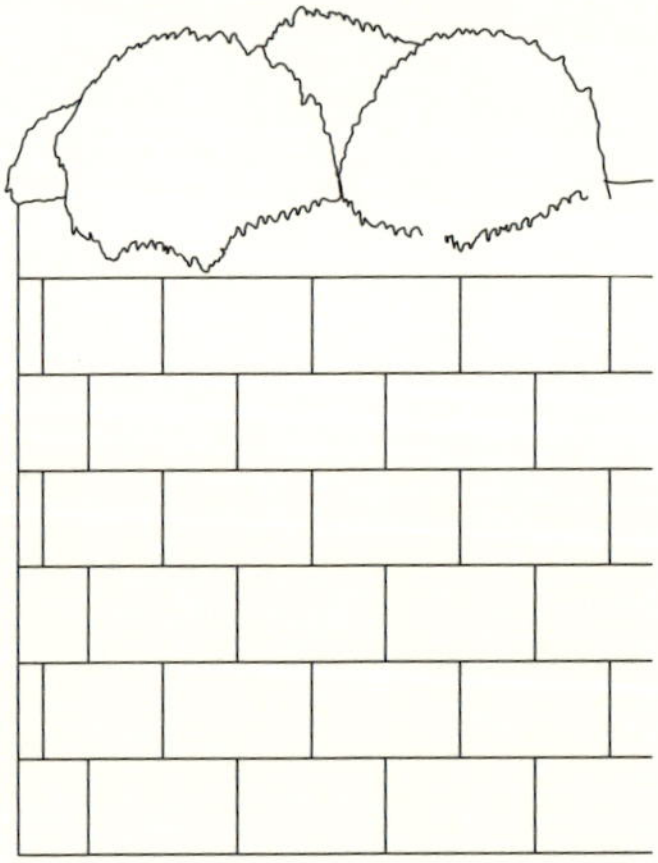

きた。

「ウワッと！　ウワァ、危ねェ！　でも、ブレスレットを取らないことにはどうしょうもねえ。ええい、もう取るだけだ。手、突っ込んじゃえ！　ボタン押してっと。よし取れた！　ヤッタッ！　三つ目、手に入れた」

宮下がつぶやいている。

「み……三つ目も見つけた！　なんでわかった⁉　の……残り二つだ。このままじゃ、俺のところにまで辿り着くんじゃ……い、いや、大丈夫だ！　奴はまだ、この街のすべてを知ってはいない……クックックックックッ……」

「つ……次、行かなきゃ！　どこだ？　どこにある！　人っ子一人いねェから何も聞けねえし、味方もいないってことだな。時間は……？　ゲッ、もう三分経ってる。どこだ⁉　ここはさっき見た！　ここも見た！　あ、あれ景色が⁉　ヤベェ五分経ったんだ！　ど……どうしよう……あ……う……あ……ま……また……さっきの頭痛だ。いっ……いったい……」

そのとき、新堂の頭の中には、「この街を五芒星に沿って歩くと五年後くらいの未来を明るくできる上に……」という言葉が浮かんできた。「……上に、なんだよ……？　なんなんだ、いったい……」とつぶやきながら、何かを思い出そうとしたが、それ以上は無理だった。

「どこだ？　どこに⁉　ヤベェ！　また景色が消えた……⁉　どこだよーブレスレット！」

新堂は空に向かって叫んだ。

「ハハハハハハ！　残り二つになって浮かれたか？　僕のところに辿り着けると思っただろ？　で

も君、二つ取っても、僕に辿り着けるとは限らない。すべてを見ていない。ま……せいぜいガンバってネ。ハハハハハ！」

「すべてを見てはいない？　すべてを……？」

新堂は、公園を見ていないことに気づき、公園に向かった。

景色の一部が消えた。

「ヤベェ、急げ！」

新堂は公園の中に走り込んだ。

「どこにある⁉」

グルグルと高速で回転しているジャングルジムにブレスレットがついているのに気づき、駆け寄った。

「げッ！　こんだけ回転してると取りづらい！　イヤ、もうグダグダ言ってるヒマはない！」

また景色の一部が消えた。

「み……見づれェー！　早く……早く取ろう。め……目が回るぅ～！」

なんとかブレスレットを取ることができた。同時に消えた景色の一部が再び見えるようになった。

「危ねェ～、危機一髪だったな！　ホッとしてる場合じゃね

図４　なぜか速く回っていて、
中央にブレスレットがある

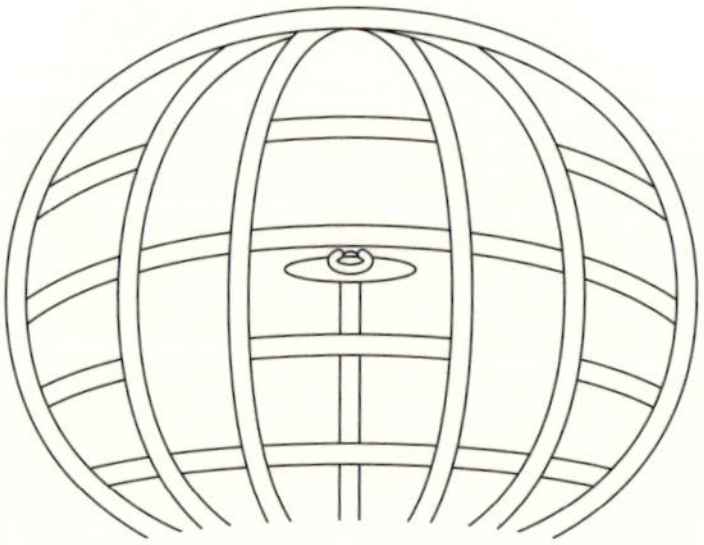

ェ。最後、探さなきゃ！」

「四つ目、取りやがった。放った言葉がヒントになったか。クソッ！　おっと！　オレとしたことが。慌てちゃいけねェ。まだ奴はすべてを見ちゃいねェ。ククククッ！」

「五つ目！　どこだ？　どこにある……さ……三分経ってる！　こ……この機械の時計、進むの速いなぁ。クソッ！　どこだよ……ここにはない！　ここにもな……う……ま……まただ」

再び、ひどい頭痛が新堂を襲う。

「何かの警告なのか？　それとも……何か別の……この街を……五芒星に沿って……歩く……歩くと……五年後くらいの……未来を……明るくできる上に……や……疫病神を……疫病神をなんだ……」

新堂は考え込んだ。

「やっぱり、何かを思い出そうとしてる……なんだろう……」

また目の前の景色が消えた。

「ヤベェ、急げ！　どこだ！　どこにある⁉　ない！　ここにもない！　時間は⁉　ゲッ！　また三分経ってんじゃないか……？　どこだよ、ホントに。クソ‼　車も停まってない。ホントに不思議な街だぜ。そういや、オレ、今年で免許取れるんだよな。あ～あ、免許取って、彼女とどっか行きてェー！　こんなことしちゃいられねェー！　ハァ～ア……」

目の前の景色が消えた。

「はぁ～……もう疲れちゃったよ。もう終わろうかなぁ～……」

新堂は頭を抱えて座り込んだ。

「いや〜イカン、イカン！　こんなところでヘコたれては！　でも〜もう疲れたしな〜……。イカン！　イカン！　あと一個なんだ。ガンバらないと。でも五個取っても、その先どうなるかわかんねェしなぁ〜……あきらめようかなぁ〜……オレ、愚痴《ぐち》ばっかりだな……」

目の前の景色が消え、大きくため息をついた新堂は、傍らに一台の車があるのに気づいた。誰も乗っていない。かなり古い車種ということだけがわかる。なんの気なしにのぞき込むと、アンテナにはめられているのが見えた。「やった！　五個目」と新堂がドアを開けようとすると、突然車が走り出した。

「ま……待て！　待ってくれ……！」

車を追いかける新堂の目の前の景色の一部が消えた。

「み……見づれェー！　は……早く取らなきゃ！」

車は先の袋小路に入り込み、バックもできず、タイヤを空回りさせていた。新堂は車に追いつき、ドアに手をかけると難なく開いた。勢い込んで乗り込み、アンテナにかけてあったブレスレットを外し、車から飛び降りた。

「これで、全部取ったぞ！」

宮下は悔しそうとも、嬉しそうともつかない声を出した。

「ぜ……全部取りやがったか。……だ……だが、まだ、次のステ

図5　アンテナにブレスレットがはめられている

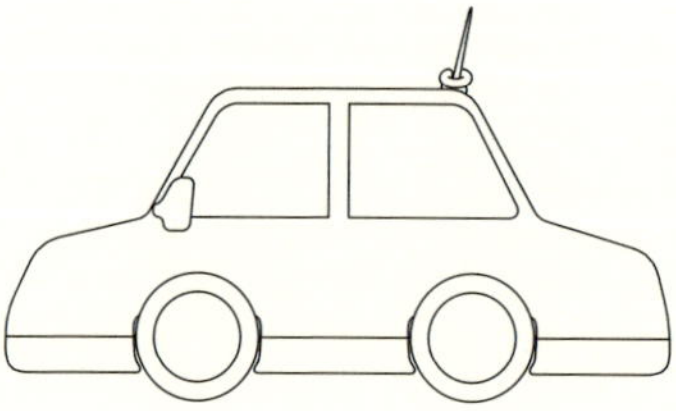

ージが待っている！　彼はこの世界から出られない。クククククッ……」

そして、大きな声を出した。

「ブレスレットをすべて取ったようだね！」

「おうよ！　取ったぜ！」

「次のステージでは、ある道に沿って動いてもらう。その道のヒントは……」

「ある道……う……あ……まただ」

新堂の頭に激痛が走り、穴に落ちる前の山木と三島との会話がよみがえってきた。

——この道を……五芒星に……沿って……歩くと……五年後くらいの未来を明るくできる上に、家に住みつく疫病神を追い払えるって話だぜ。

ひょっとすると、宮下って……と新堂は考えつつ、ある家の前に走り着いた。そして、「オレの考えが合ってるなら、この家だ」と確信を持って玄関扉の前に立つ。

「宮下ー！　いるんだろ？　宮下ー！」

「この家にはいないよ！　でも、どこかにはいる、たぶんね。そんなことより、次のゲームは、もう始まってるよ。急いだほうがいいよー」

宮下はクスクスと笑っている。

「クソ！　必ず見つけ出してやる。え？　ブレスレットを五個取ったのに、また、景色が消えていく！　な……なんで……⁉」

「また、見えなくなってるようだね。五個取るだけじゃダメだったようだネ。でも、どうしたらいいかのヒントは、もう与えないよー。ガンバってネー！　ハハハハハ」

「クッソー！　グダグダ言ってるヒマねェな！」

新堂が家の扉を開けると、犬の群れが新堂に向かってきた。

ワン！　ワン！　ワン！　ワン！　ワン！　ワン！　ワン！　ワンッ！

「な……なんだ？　今度はなんだ⁉」

ワン！　ワン！　ワン！　ワン！　ワン！　ワン！

「に……逃げるッ！」

新堂は慌てて家から出た。

「クッソー！　結局、宮下はどこかわからなかったな。あの家だとは思うんだけどな。とにかく今は逃げるしかねェ。ウワァッ！　追いかけてくるー」

新堂は執拗《しつよう》に追いかけてくる犬から逃げながら考えた。

「オレの考えが合ってれば、これが五芒星の道でいいはずだ。そして、あの話の五年後の未来は、つまり、今だ。でも、宮下は、なんで疫病神になったんだ？　ヤベェー！　急げ！　考えてる場合じゃねェ」

そして、新堂は、まるで「次はあの家だ」と知っているかのように一軒の家を目指す。

それを見て、宮下は内心焦る。

図６　犬の群れが襲ってくる

「あいつ、まさか五芒星の道順を知っているんじゃ……？　マズいな……あそこにはオレの秘密が……」

新堂は家の中に入り、鍵をかけた。犬に追いつかれる寸前だった。家の外では悔しそうに犬が吠えている。

「クソッ！　うるせぇな。まだ吠えてやがる」

目の前の景色が消えた。

「ヤベェ！　急がなきゃ。クソッ！　どうやって奴からカードを奪えってんだ。ん!?」

外では犬が激しく吠え立てている。新堂は家の扉を振り返って、穴を見つけた。

「なんだ、これ？　これってブレスレットをはめ込む型なんじゃ……!?」

ブレスレットをはめてみると犬の声が止み、消えていた景色が戻った。

新堂が恐る恐るドアを開けてみると、犬の姿はなかった。

「はぁ～良かった！　こ……この家に何かヒントはないか？」

部屋の中を見回した新堂は、新聞が二部置いてあるのに気づいて手に取った。

「二〇一四年五月十七日（日）、高校生の宮下俊夫さん（18）が車と接触したはずみで工事現場の作業用の穴に転落。そのまま行方不明」

新堂は、もう一つの新聞を手にした。

「こっちの新聞にも同じ記事がある……そうだ、思い出した！　宮下は行方不明になった高校生だ！　……まさか、それで、疫病神になったのか？」

景色の一部が消えた。

「急がなきゃ！　この家の疫病神になったとして、いろんなものが置けて、隠れられる場所と言えば……天井裏か？」

新堂は二階に上がった。

それを見て、宮下は思わず口に出していた。

「こいつ、どこ行く気だ。二階に上がって……まさか謎を解いた……？　イ、イヤ、そんなはずはない！　ヒントも与えてないし、この謎が解けるわけない！　いや、大丈夫なはずだ！」

新堂は、二階の天井を見て歩き、怪しいと思った場所の下に、足場となるようなものを置いて天井板を押し上げ始めた。

「宮下ッ……は、いないか」

そこには何もなかった。これまでに何かが入り込んだ形跡もない。

新堂の目の前の景色が消えた。

「急いで、次のところに行かなきゃ！　きっと、あっちだ！」

新堂は階段を下り、ブレスレットは扉にはめたままにして家を出て、走り始めた。

宮下の声がする。

「何か、いい発見でも、あったのか？　しかし、君はこの世界から出られないよ！　ハハハハハ。さぁ次は、どんな災難にみまわれるかな」

「フッ。せいぜい笑ってりゃいいさ！　絶対、この世界から出てやるさ」

新堂の目の前の景色が、また一段と大きく消えた。

「余裕かましてるヒマねェな」

つぶやいた新堂の足元でザバァ！　と音がした。

「ん!?　なんだ？　グワァッ！　サ……サメ〜ッ!!　今度はサメかよ。しかも地面を泳いでる。マジかよ！　クソッたれー」

「ハハハハハ！　サメのエサになっちゃえーッ」

「ヤベェッ！　一回でも噛まれれば致命傷だー!!　ちきしょー。逃げるしか方法はねェか。どんどん加速してる。助けてくれー!!」

「いい気味だ！　ハハハ!!」

目指す家に走り込んだ新堂は、ドアを開けて家に入った。サメはドアを壊そうと何度も体当たりをしている。このドアにも、ブレスレット用の穴があった。すかさずはめ込むと、サメの気配は消え、新堂の視野も元に戻った。

「ふぅー、良かったー。助かったぁー……。ん!?　なんだ、これ……？」

新堂は足元に手鏡が落ちているのに気づき、拾い上げた。

「なんのへんてつもないものだけど、一応持っておこう。重要なアイテムかもしれないし」

「クッソー！　また助かりやがった。しかも、五芒星の道順をまた通って……まさか謎を知ってるんじゃ……ま……まさかな……まだ大丈夫だ！　次は首なしライダーだ。今度こそ殺せよ〜！」

宮下は、自分が同じぼやきを繰り返していることに気づいていない。

新堂は家の中をくまなく探したが、宮下につながるものはない。天井裏も見た。自分のしていることが正しいのかどうか、だんだん自信がなくなってくる。宮下の姿を見てもいない。声だけだ。その実体があるのかどうかさえもわからない。

だが、ここであきらめてもどうにもならないと気を取り直し、再び視野が欠け始めたのもかまわず、思い切り走った。何も追いかけてこないと、ふと気を緩めたとき、ヴォォォォォンンンン……というバイクの音が聞こえてきた。

「なんだ？　こ……こっちに来る！」

手には武器を持ち、バイクに乗った首のない人間たちが新堂に襲いかかってきた。

「ひぇぇぇぇー！　助けてくれーッ!!　なんで、次々と災難が起こるんだよーッ」

新堂の目には、首なし人間とバイクの一部が映らず、敵が何を持っているのかが見えなかった。

「こんなときに視界が欠けるなんて……オワ……汚ねェぞー！　フェアじゃねェもんッ!!　あと少し……あと少しで……ウワッ!!　鉄の玉を投げつけてきやがった。早く……早く逃げなきゃ！」

新堂の行き先を見て、宮下は焦る。

図7　首なしライダーが
複数になって斧で襲ってくる

「や……やっぱり、あの野郎、五芒星に沿って行くことを知ってる。マズい！　オレに辿り着く前に始末しねェとッ。……怪物、生きた死体を召喚だ！　パラッパラッパーッ!!　今度は逃げられねェぞ〜。クスクス」

「ハァハァ……」

首なしライダーをかわし、やっとのことで、次の家に辿り着いた新堂は、ドアを閉めて大きく息をついた。

「助かった」

ガンッ!!　ガンッ!!　とドアをたたく音がする。

「ゲッ！　そうだ。ブレスレット」

新堂はドアにブレスレットをはめ込む。一瞬にして、辺りは静かになる。だが、その静けさは不気味なものだった。

案の定、家の中から斧《おの》を持った、まったく生気を感じさせない死体のような男がやってきた。

「な……なんだ、こいつ……？　ま……まさか……その斧で？　に……逃げなきゃ」

新堂はドアを開けて出ようとしたが、ドアが開かない。焦りまくってドアノブを回す。

「ハハハハ！　今度こそ、終わりだよ、新堂君。君の考えがだいたい読めた。でも、もう終わりだ。潔く最後を迎えよう！　ハハハハハ」

斧を持った男は新堂にじりじりと近づいてくる。新堂はドアを思い切り蹴るが、ビクともしない。

「なんで外からは壊せて、中からは壊せないんだッ!!　そんなことどうでもいい……開けよ！」

死体のような男が斧を振りかざした瞬間、とっさに新堂は前に拾った鏡を男に向けた。

「キキャー!!」

死体のような男は奇声を発しながらシュッと消えた。

「た……助かったァー！　ハァー、良かったぁー!!　心臓バクバクだッ」

景色の一部が消えた。

「まずい。急がねェと……」

「ゲッ！　また助かりやがったー。寸前で魔消の鏡を使ったのか⁉　マズい！　このままじゃ本当に辿り着いちまう。どうしよ……どうしよ……」

斧男が消えると、扉は難なく開いた。新堂は外へ出ようとしたが、この家の中を調べていないと気づき、引き返した。

この家もやはり、何も見つからない。天井裏も同様だ。

がっかりした新堂だったが、また視野が欠けてきたことに気づいて、怒りの感情がよみがえる。

「じゃあ、やっぱり、あそこか……もうなにも、起こるなよ……突っ走るぞ！　それっ！」

新堂は全速力で走っていく。

宮下の声も余裕がなくなってきている。

「クソッ！　こうなりゃヤケだ。すべての魔をぶつけてやる！　そして、地面を砂地獄のようにして歩けなくしてやる。ククク。辿り着けないよ、絶対」

二十メートルくらい走ったところで、新堂は呼吸を整えるのに足を止めた。すると、足元がぐらぐらする。コンクリートだった地面が砂状に変わり、振り向くと、アリ地獄のようになってくぼんでいる。その中央から、巨大なアリのような怪物が顔を出し、新堂のほうに触手を伸ばしてくる。

「オレを、た……食べようとしてる? クソッ! 逃げようにも……地面が……砂で沈んで……」

新堂は必死でもがきながら、砂地から抜け出した。

「クッソッ!! クリアしやがった! クソッ!」

「急がねェと! また五分過ぎてんじゃん! 見……見えなくなってる」

ひたすら新堂は走った。

カァー! カァー! カァー! カァー!

カラスの声がする。

「うるせぇな! こんなときに!」

カァーッ! とひと声大きく鳴いて、カラスが新堂の頭をつついた。

「痛ェッ! なんだ、このカラス。オレを……うわッ! 襲ってくる。痛ェッ! いてェッ。こ……このカラス腐ってんじゃねェかッ。クソ!」

「いいぞ! 腐ったカラス! 殺せ! 殺せ!」

図8 地面が砂のようになって、アリ地獄ができる

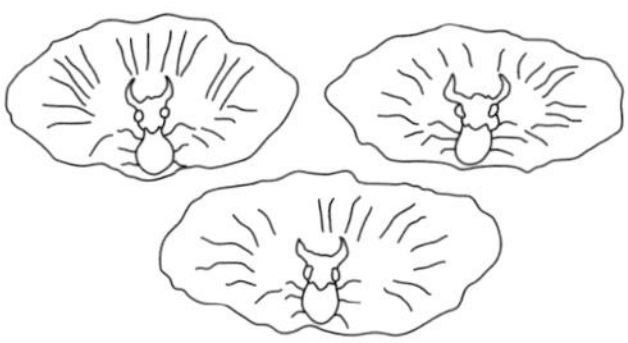

楽しげな宮下の声が響く。

「痛ェッ！　痛ェッ！」

腕で頭を覆い、カラスをはねのけようとしながら、新堂はポケットから例の鏡を取り出した。そして、腐ったカラスに鏡を向けると、カラスは霧のように消えた。

「良かった！　助かったぁ。時間は……七分！　ヤベェッ！　急がなきゃ。ホントに見えなくなる」

「クッソー！　しぶとい野郎だッ。カラスもダメだったか。このまんまじゃ、ホントに辿り着かれちまう。なんとかしねェと……」

「オレ、本当にこの世界から抜け出せるのかな!?　ここまでは運で来たけど災難続きだしな……ヤバイかも」

宮下と新堂の声が重なった。そのとき、あっという間に新堂は壁に囲まれた。突然出現した壁が四方をふさぐ。さらにその壁から人間の手が無数に出てきて、新堂を捕まえようとする。

「人間……人間の肉だ！　人間喰《く》わせろー」

宮下とは違う不気味な声がし、狭い空間にこだまする。

「壁から手が……クッソ！　捕まった。放せ！　放しやがれ！」

新堂は両腕を掴まれてしまった。

図9　数メートル先、今度はカラスの群れが襲ってくる

「人間……人間の肉ー！　人間の肉ー！　喰わせろー！」

「冗談じゃねェ！　こんな奴らに喰われてたまるかー！」

「ハハハハハ、万事休すのようだね、新堂君。その魔物は闇撫《やみなで》といってね、君を異世界へと連れていくんだよ。助からないよ、今度こそ。ハハハハハ」

「クッソー！　ヤバイ。取り込まれる。どっちかの手でも使えれば、魔消の鏡が使えるのに……クソッ！　なんとか……ク……クソがー！」

新堂は渾身《こんしん》の力を込めて、左手を引き抜くことに成功した。そして、自由になった手で鏡を取り出し、四方の壁に順に向けた。だが、手の力は衰えない。何度やっても変わらない。

「……き……効かない……な……なんでだよ？　クッソー！　どうすれば……」

新堂は壁から出ている手の中に異質なものがあるのに気づいた。

「この手だけ、イレズミがある。この手を引っ張ってみよう。おりゃーッ！」

「キャエエエ！」

叫び声を上げて怪物が出てきた。

「ゲッ！　気持ちワル。そんなこと言ってる場合じゃねェ。魔消の鏡だ、それッ！　闇に還れーッ!!」

「キシャアァァアッツ!!」

怪物が断末魔の叫び声を上げて消えた。すべての手も壁もなくなり、住宅街が広がっている。

「た……助かったーッ……！」

「ま……また助かりやがったぁーッ！　くっそーッ、今度こそ始末できると思ったのに」

宮下は辺りかまわず、拳でたたきまくる。

「はぁー……！」

ヘナヘナと新堂は座り込んだ。

「……オ……オレ助かるかなーホントに……。ヤベェッ！　また視界が……。ハァー、早く抜け出してー、この世界から……」

ブブブブブブッ!!

爆音がした。

「今度は地獄車だよ。逃げられるかな」

宮下の声がした。

「ん!?　車だって？　こっちに来てんじゃねェか!?　どっひぁー！　助けてくれー!!」

新堂が後ずさりすると、その後ろと左右にはまた、アリ地獄が出現している。地獄車はどんどん新堂に迫ってくる。

「ク……クッソー！　来るなら来やがれ！」

新堂は地獄車を正面に受け止め、接触する寸前にボンネットの上にジャンプした。そして、ボンネットを蹴ると、うまい具合に着地した。体勢を立て直して走り出した新堂は、猛スピードでバックしてくる地獄車に気づいた。

「ヒャハハハハ！　轢《ひ》いちゃうぞー！」

焦点の定まらない目をした地獄車の運転手は、ニヤリと口元をゆがめる。

新堂は、横の路地に入って地獄車をかわすことを考える。だが、路地に入り込んだら、五芒星のラインを見失いそうだという恐怖感があった。そして、さらに景色の一部が消えた。

「こ……こんなときに、もう！」

「ハハハハハ、苦戦してるようだね、新堂君。その車は、地獄車といってネ、君を轢き殺すまで、行ったり来たりするよ。ガンバってネー！」

「宮下のクソ野郎ー……」

「轢いちゃうぞー！」

新堂は地獄車の車高が高いことに気づき、スライディングの要領で潜り込んだ。無事に車の向こうに出たが、またバックしてくる。

「クッソー、きりがねェッ！」

「ヒャハハハハハ、轢いちゃうぞー。轢いちゃうぞー」

横にも逃げられず、新堂は覚悟を決めた。次に運転手と相対したとき、鏡で勝負をかけようと。

「い……今だ。よっ……と！」

新堂は地獄車のボンネットに乗った。

「こ……こんのヤロッ！　どけッ！　どけッ！　急ブレーキ掛けてやる」

「お……落ちてたまるかッ。そ……それ！」

新堂は地獄車の運転手に鏡を向けた。だが、何も起こらなかった。

「あ……あれ……おかしいな……？　なんで効果がないんだ？」

「ハハハハハッ！」

宮下の高笑いが降る。

新堂は、地獄車のフロント部分が鏡になっているのに気づいた。

「鏡と鏡……そうか！」

新堂はボンネットにしがみつきながら、車のフロントを思い切りたたいた。

「手では割れねェッ……足で割ってやる！　そりゃ！」

新堂は思い切り車のガラスを蹴った。何度か蹴ると、パリンとヒビが走った。その隙間に手鏡を当てると、「ぎぃやぁぁぁぁぁぁッ!!」という大絶叫とともに地獄車も運転手も消えた。新堂は、ボンネットの高さから、ドンと地面に投げ出された。

「ふぅー……助かったぁ……はぁ～……」

「くっそー！　また、助かりやがったぁッ。なんでだよ？」

宮下が腹立ち紛れに監視カメラをたたくと、カメラが壊れてしまった。

「クッ……クッソー！　故障しやがったーッ！」

疫病神といえど万能ではなく、監視カメラとスピーカーがなければ、新堂の動きのすべてを把握できないのだ。

新堂が四つ目の家を目指して走っていると、今度は刀を持った侍が追いかけてきた。

「天誅《てんちゅう》ーッ！」

侍は新堂に向かって刀を振りかざした。

「うわッ危ねェーッ！　魔消の鏡だッ！　それッ!!」

新堂が鏡をかざすと、侍は「キエェェェェッ！」と奇声を発して、よろけた。

「よしッ！　効果はある。それッ！」

新堂が再び鏡をかざすと、侍はよろける。だが、すぐに体勢を立て直す。

「……ダメだ！　キリがない。あの家まで、走って逃げるしかないッ」

全速力で逃げる新堂を侍が追う。新堂の目の前の景色の一部が消えた。

「やべェ、視界が欠けた！　見づれェ〜ッ。あと少し、あと少し。ドア開いてろよ！」

新堂は四つ目の家に飛び込み、鍵をかけて、ドアの穴にブレスレットをはめ込もうとした瞬間、侍がドアを刀で切りつける音がした。

「ゲッ！　もうドアの向こうにいる」

新堂が急いでブレスレットをはめ込むと、案の定、侍の気配は消えた。

「はぁ〜……助かった〜……視界もなんとか、元に戻った」

ひと息ついたところで、新堂は家の探索を始めた。天井板を上げたが、何もなかった。

「やっぱり、ここにもいない！　と……すると、やっぱり最初の家か……」

新堂が思いを巡らせているとき、視界が欠けた。間隔が短くなっているように感じる。もう何にも出てきませんようにと祈りながら、新堂は最初の家まで全力疾走した。

最初の家の中では、壊れた監視カメラの前で宮下が焦っていた。

「……クソ……新堂が来ちまう」

一階から新堂の声が聞こえた。

「宮下ーッ！　宮下ーッ！　いるんだろ？　出てこいよ！」

宮下は迷った。隠れながら、隙を狙って新堂を殺すか、謝るフリして油断させて殺すか……。

だが、考えてる時間はない。新堂はもう階段を上がろうとしている。

「出てこねェな。天井裏をのぞくか……」

階段を上る前に、新堂はドアの穴にブレスレットをはめることを忘れなかった。

「これでよし！　宮下ー、ボコボコにしてやる！　だが、今度はどんな手を使ってくるかわからねえからな、気をつけねェと」

新堂が当たりをつけた天井板を押し上げると、壊れた監視カメラが転がっているのが見えた。

「やっぱり、俺のニラんだとおり、ここだったか。宮下ー……宮下ー！　……隠れてないで、出てこいよー」

「ここにいたりして……」

宮下は機材の陰から、のそりと出てきた。普通の高校生の姿だった。

「お前が宮下か？　……なぜ、こんなことをした？　……俺にどんな恨みがあるんだ？」

「ヒン……ヒン……ごめん……ごめんなさい……本当にごめんなさい……悪気は、ヒック……なかったんです。ちょっと、調子に……調子に乗ってたんです。ホントに、ヒック……ホントにごめんなさい……」

「調子に乗った〜？　ちょっと、どころじゃねェだろ？　オレは、お前に何度も殺されかけたんだぜ」

「ホント、ヒック……本当にごめんなさい……も……もう二度とこのような過ちは犯しません。許して……ヒン……許して……ください。ヒック……」

「二度とじゃねェだろ！　何度も……何度もだよ……」

「ホントに……ヒック……本当に……ごめんなさい……も……もう、しませんから許してください……」

宮下は小さくなってうつむいている。

「ケッ！　殴る気も失せたよ。この腕に付いてる機械みたいなやつ外せよ！　視界が欠けてくんだよ。たしかカードで外すんだったな。外せよ！」

「わかりました。外しますとも」

宮下は新堂の腕にはめられている機械にカードを差し込み、外した。

「あー……気分が楽になった。もー、金輪際やるんじゃねェぞ。絶対やるんじゃねェぞ‼　いいな！」

「わかりました。や……やりません。ヒン……ヒック……ありがとうございます。ありがとうございます」

「それから、この世界は、どうやったら、元の世界に戻れんだよ。元の世界に還りてェ！」

「家の横にある、網目状の蓋がしてある、工事中の穴に落ちれば、元の世界に戻れます」

「本当だろうなぁ……？」

「本当ですよ」

「お前が、最初に落ちてみろよ」

「いや、僕は、この世界で、これからマジメに生きていこうと思ってます」

「本当か？　誰もいないのにか？　怪しいもんだぜ」

「あ……あの……」

「なんだよ？」

「もう一つ聞きたいんだけど。なんで五芒星を通って、僕がここにいるってわかったの？」

「記憶さ！　なぜか、元の世界の記憶が重要な部分だけよみがえった」

「そ……そうか記憶か⁉　どうりで、謎が解けたわけだ……」

「もういいか？　還るぜ、元の世界に。それと、この鏡は、どうすりゃいいんだ？」

「そ……それは、持って還っていいよ。向こうの世界じゃ、ただの鏡だから……」

「じゃあな！　二度と悪さすんなよ。あーあ、髪が乱れちゃったよ……ん⁉」

鏡を見た新堂は、宮下が後ろから自分に向かってナイフを突き刺そうとしている姿を見た。

「うわぁッ！」

新堂はとっさに宮下に鏡を向けた。

「ぎいいぃいぃいやあぁぁぁぁ」

絶叫とともに宮下の姿は消えた。

「あ……危ねェ～！　まさか、殺そうとするとはな……鏡見てなかったら、殺されてたのは、こっちだっただろう……はぁ～……危なかったぁ。やつは疫病神なんだよな……話し合い自体、無理だったんだ。さぁ、本当に還ろう」

工事用の穴の縁に新堂は立ち尽くす。本当に元に戻れるのか不安だが、ほかの手がかりはない。鏡で消す前に、宮下を穴に落としてみるべきだったかと思った。だが、本当にこの穴が戻れるトンネルならば、疫病神を連れて帰ることになる。それもまずいか……と思う。

とにかく、行くしかないと心を決めた新堂は、目をつぶり、思い切ってダイブした。

「神様！　あっちの世界に戻れますように！　そりゃ……」

「おい！　新堂？」

「新堂！」

山木と三島が心配げに新堂をのぞき込んでいる。

「……ん……んあ……？　……こ……ここは……？」

「工事現場だよ……」

「オレは……いったい……何をしていて……」

「お前、そこの穴に落ちたんだよ……そんで助けたんだけど、意識がなくて……幸い、怪我はなさそうだな」

「良かったよ！　助かって」

「何分くらい寝てた？」

「五分くらいかな」

「俺は、み……未来……そうだ、未来に行ってきたんだ。五芒星を通って魔物と戦って……そ
……そうだ……疫病神を消し去って……」

「何言ってんだ、お前。五芒星の話はただの噂《うわさ》だよ。都市伝説みたいなもんだ」

「俺はこの穴に落ちて、再びこっちの世界に戻ってきたんだ……！」

「頭でも打ったか？」

「まぁいい……とりあえず意識が戻って良かった」

「帰るぞ」

「未来へ行ったんだよ。お前の言葉を思い出してだな……」

「それでどうしたんだよ」

「それで……」

新堂が話し始めた瞬間、トラックが三人に向かって爆走してきた。

「ん……!?　うわー……!!　トラックがー」

「あ……危ねェー！」

逃げ損ねた新堂はトラックにはねられ、また穴に落ちた。

「新堂ーッ！　また落ちたッ!!　新堂ーッ！」

「新堂ーッ！　新堂ーッ‼」

新堂は見知らぬ部屋で目をさました。

「ん……！　ここは……天井裏……監視カメラがある！　……そうか……今度はオレが疫病神になったのか……クックックックックックッ。ターゲットはどいつかな……ハッハッハッハッハッ……」

（了）

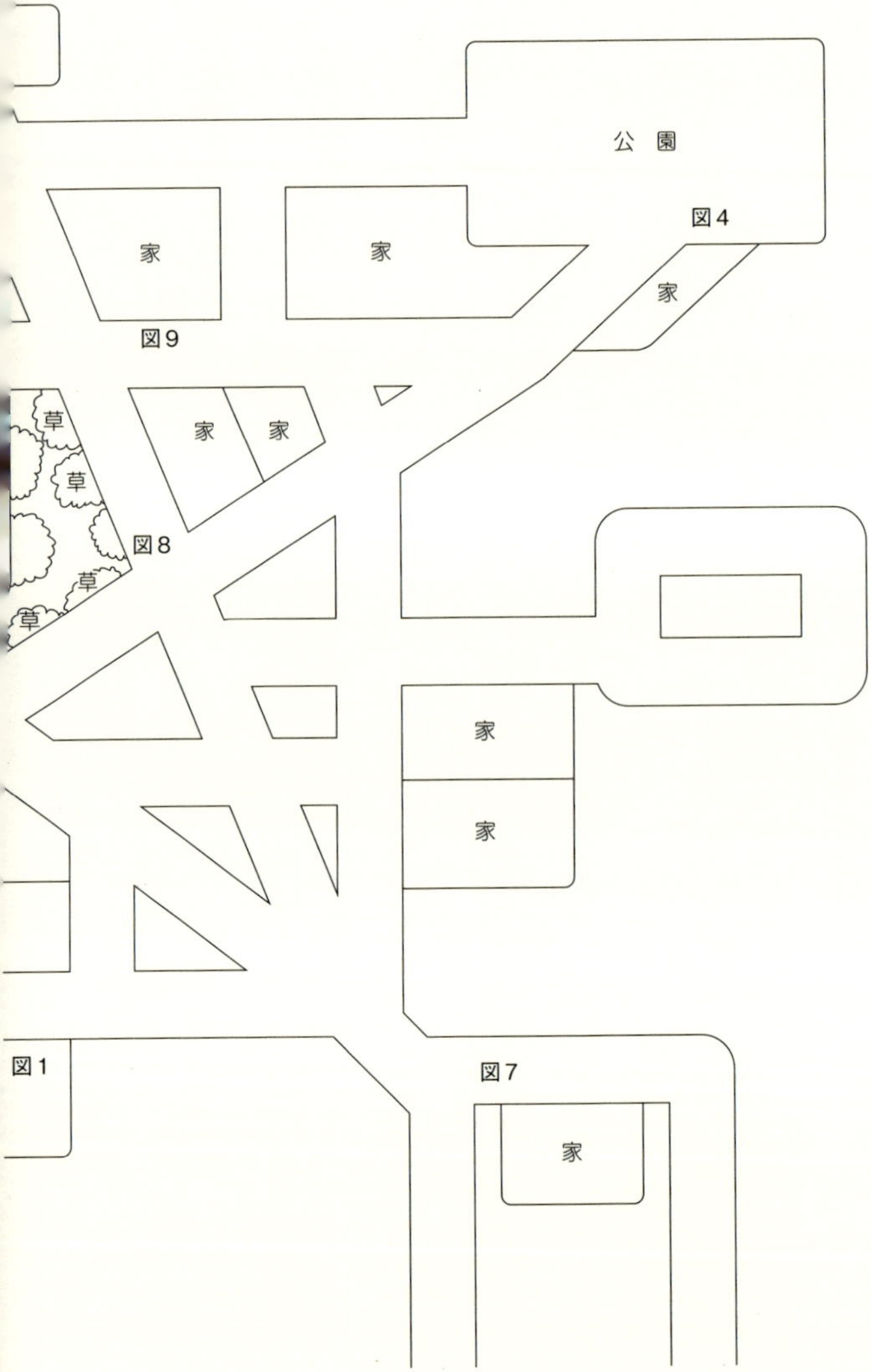
公 園
図4
家
家
家
図9
家
家
草
草
図8
草
草
家
家
図1
図7
家

トワイライトゾーン見取り図

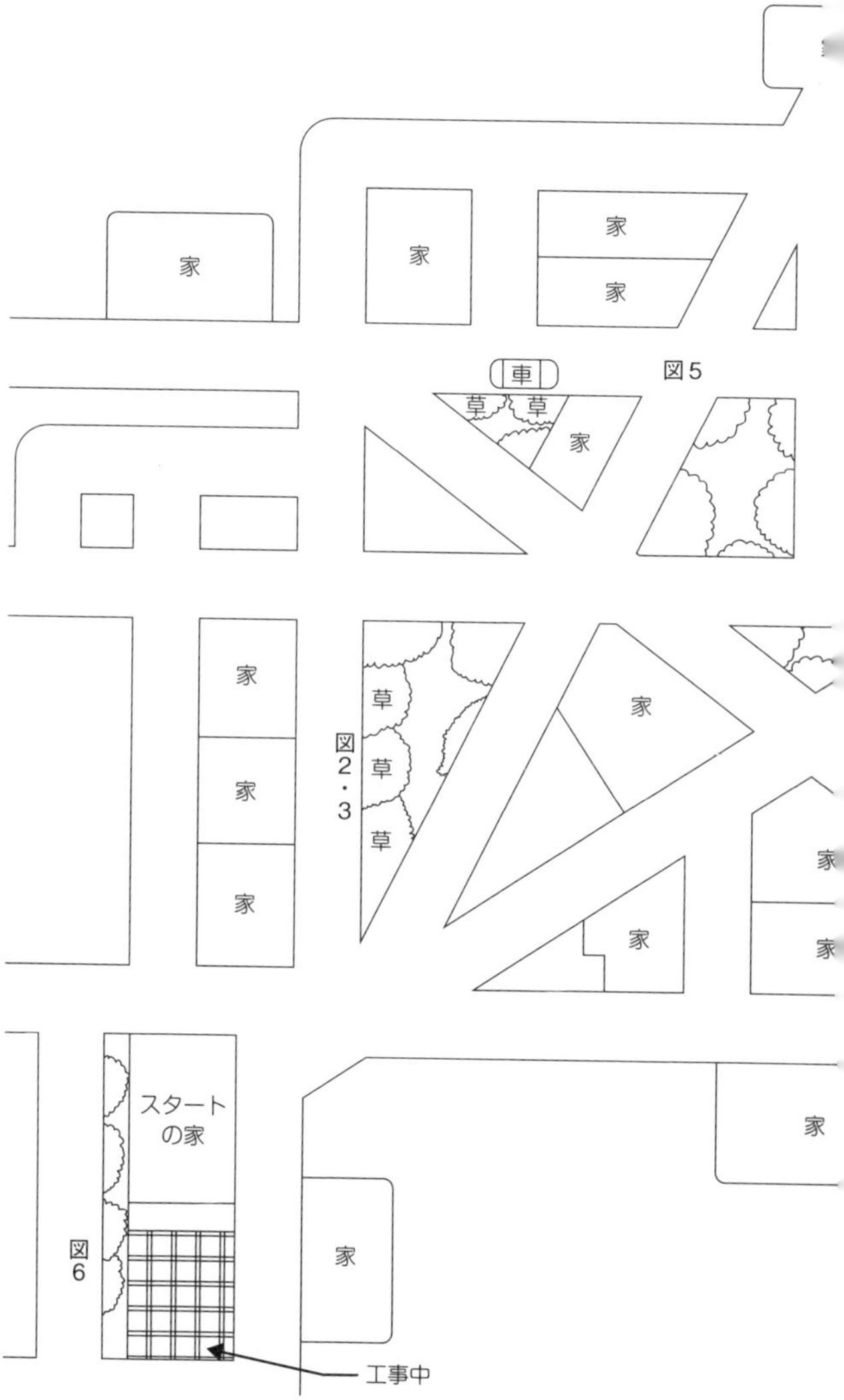

サイレントシャダー

西岡義春《にしおかよしはる》と妻のしおりは、引っ越しのための荷造りに励んでいた。

「この家とも、もうお別れかぁ。長かったなぁ……」

「そうね。長い間いたから淋しいわね」

両親が汗をかきながら荷造りをしているというのに、次男の祐介《ゆうすけ》はその横で寝転んでゲームをしている。

「あっ！　また負けたよ。ちくしょう!!」

「アンタもゲームばっかりやってないで手伝いなさい」

しおりが顔をしかめる。

「オイ!?　ゲームばっかやってねぇで最後くらい手伝え」

「あとちょっとなんだよ！」

長男の広志《ひろし》が最後のダンボールを車に積み込んだ。

「よっと！　これで最後だな」

「おっ!!　よし勝った！　勝ったぞ」

「勝ったの？　すごい」

三男のかおるが尊敬のまなざしで祐介を見る。

「ゲームなんていつだってできるでしょ、バカ」

長女の小夜子《さよこ》が祐介の頭をピシャリとたたく。

「痛！」

「よーし行くぞ。みんな、車に乗れ」

義春が皆に声をかける。


車に乗ってしばらく行くと、のどかな田園風景が広がり始めた。

「もうちょっとで新しい家に着くぞー！」

「おい、見ろよ。田舎に入ったぞ」

「すげぇー！　すごくいい眺めだなー。気分がいいや」

祐介も目を輝かせている。

「わぁー！　すごい」

かおるも感嘆の声を上げる。

その横で、しおりだけは眉をひそめていた。

「ねぇねぇ、今の見た？」

「え？　何？　何見たの？」

「何だ？」

「木の枝に日本人形が逆さに吊《つ》るされていたの。見たとたん、ゾワッとしたわ」

「え？　ウソ⁉　何それ、気味悪〜い」

「近所のガキのイタズラか何かじゃねぇか?」

「そ……そうね。きっとそうだわ……」

「おっ！　家が見えてきたぞ。もう着くぞ」

「やっと着いたか……。長かったな～」


広い前庭で祐介は伸びをしている。

義春、広志が中心となって手際よく荷物を下ろした。

荷物を入れ終わった義春は、ベランダから外を眺めた。

「眺めもいい……ん？　何だ?」

ベランダの柵に日本人形が逆さに吊るしてあった。

「なんでこんなところに人形が吊るしてあるんだ?」

義春は日本人形を引きちぎり、床に落とした。

「邪魔だから、あとで捨ててこよう。おーい！　昼メシにするぞー！」

家族全員でコンビニで買ってきたおにぎりを食べる。そのとき、義春が言った。

「さっきベランダによ、日本人形のようなもんが吊るしてあった。邪魔だったからちぎっておいたけどな」

「気味悪～い。そう言えば、来る途中もそんな人形が吊るされてるってお母さん言ってなかった?」

「人形ねぇ……」

興味がなさそうに広志が言う。

「おもしろそ～。この家にまつわる祟《たた》りかもよ～」

祐介は興味津々だ。

「アホか。そんなわけねぇだろ」

「つまんねえの」

祐介はゴロリと横になって天井を見ていたが、ガバッと起き上がった。

「あ、そうだ。昼からヒマだし、近所を探検してみようと思ってんだけど、かおる、一緒に行くか?」

「うん、行く行く!」

「夕飯の時間には帰るのよ」

祐介とかおるは騒ぎながら家を飛び出していった。


二人は何か面白いものでも見つからないかと歩いていたが、ひたすら田園風景が広がっているだけだ。

「空気がおいしいだけで、あとは何にもないところだよな。おっ、やっと、家だ! 家を発見するのに五分は経ったな。あっちにもある。こっちにも。誰もいないのかなぁ?」

「人の気配はないみたいだね。あっ! 鍵が開いてる」

「中に入ってみようぜ」

「えー、それはダメだよ。人の家に入るなんて」

「いいから入ってみようぜ。ちょっと見学するだけでいいからよ」

「兄ちゃん、ちょっとだけだよ」

祐介とかおるは家の中に入っていった。

「誰か、いますかー？　いたら返事してくださーい」

祐介とかおるは恐る恐る家の中を見て回った。

「見たところ普通の家だな。キッチンもテレビもある。風呂場はどうかな？　普通だな！　さすがド田舎、出かけるのに鍵かけないんだ」

「ねぇ、もう帰ろうよ。なんだか気味が悪いよ……」

「もうちょっとだけ。あとは二階だな」

祐介は階段を駆け上がっていった。かおるは恐る恐る後に続く。

「二階も普通だな。やっぱりベランダからの眺めがいいなぁ。あ！」

祐介はベランダの柵に日本人形が逆さに吊り下げられているのを見つけた。

「これって親父《おやじ》がちぎっておいといたっていう人形と同じものじゃねぇか？」

「そうかも……」

「なんでこんなところにもあるんだ？　家に持って帰っとくか？」

「このままにしておこうよ……何かイヤな予感がする」

「大丈夫だって、持ち帰ろうぜ」

「ダメェーッ！　そのままにしておく‼」

かおるは絶叫した。

「わかったよ、わかった。よし、そろそろ出るか？　人形以外、特に変わったところはなかったな？」

「うん、まぁね」

「なんで、誰もいないんだろ。妙だな……？」

その家を出てしばらく歩いていると、かおるが何かを見つけた。

「ん！　あれ？」

「ん⁉　どうした？」

「あんなところに小屋がある」

「行ってみるか？」

「うん」

祐介とかおるは、ゆっくりと小屋に近づいていった。

「誰かいる……白い装束の女だ。何やってんだろ？　人形を作ってるみたいだな」

「警官がいる！　何やってんだろ……⁉」

「千代子《ちよこ》……千代子、許してくれ！　俺が……俺が悪かった。許してくれ！　千代子……」

警官はしきりに謝っている。

ほんの小さな隙間だったので、それぞれの服装はわかったが、顔がよく見えない。会話も途切れ途切れにしか聞こえない。

「千代子、このクイだけはこの金庫に保管しとくよ。誰にもわからないように。番号は52974」

かおるは祐介の服を引っ張って小声で言った。

「兄ちゃん、もう行こうよ……もう十分見たでしょ……気味悪いよ」

「わかった。行こう」

「ふぅー、なんだったんだろうね、結局。気味悪いもん見ただけだったね……」

「本当だぜ。まったく」


祐介は夕飯のときに家族に、今日見たことを口にした。

「近所を見回ったんだけどさ、誰もいる気配がなくてさ、家の中、確かめてみようと思ってドア開けたら開いてたんだ。でも中は普通だった。テレビもあったし、エアコンやテーブルもあった。で、二階に上がったら、親父が見つけた人形らしきものと同じものがあった。だけど、取ったらなんかヤバそうだったから、そのままにしておいた」

「人さまの家に勝手に入るなんて、そんなことしちゃ、だめじゃないの」

しおりが祐介を睨《にら》む。

「声かけたよ、もちろん。でも、もうやらねえよ」

かおるがしおりの顔色をうかがいながら、言いたくてしかたがないという顔で言う。

「兄ちゃん、もう一つ……」

「あ！　そうだ。それで近所を散歩しているうちに、妙な小屋を見つけてさ、恐る恐るのぞいたら、白装束をまとった四十代くらいの女が、その人形らしきものを作ってやがったぜ。気味が悪かったからのぞいただけだったけど……」

「マジかよ、気味悪いな……」

広志が、あまり気のなさそうなあいづちを打つ。

「引っ越してくるとこ間違えた？」

小夜子は不安そうに言う。

「お前たち、バカじゃねぇのか。怪物でも出てくると思ってんのか？　誰もいない家はたまたま留守で、その白装束の女は人形を作る仕事でもしてるんだろ、きっと。おまえら、その家しか見てなかったんだろ？　ほかの家にはちゃんと人がいるはずだ」

「でも、人形は偶然じゃないだろ？　この町に入るときにもあったし、この家の中にもあったじゃないか？」

「きっとお守りのためか、何かの願いを叶えるために付けてたんだろ。七夕みたいに。考えすぎだ」

「まさか……もしかして」

かおるがひとりごとを言った。祐介が「なんだよ?」と聞きかけたそのとき、突然、ガタ……ガタガタガタガタ……と家が揺れ出した。

「地震よ!　テーブルの下に隠れて……」

しおりが叫んだ。

しばらくすると揺れはおさまった。

「けっこう揺れたな、扉まで揺れてたぜ」

「ちょっとテレビつけてみようか?」

しおりがテレビをつけて確認したが、どのチャンネルでも地震速報はやっていなかった。

「じゃあ、まさか今のは……おばけのしわざ⁉」

小夜子が怖がって言う。

「アホらしい。ちょっとした地震だろ?　あとでニュースでやるだろう。おばけのしわざ?　出てこれるもんなら出てきてみろってんだ!」

笑いながら義春が言った。

「おい、母さん、風呂沸かしてくれよ」

義春はゴロリと横になった。

新しい家では、次男の祐介と三男のかおるが同じ部屋だ。二人で部屋にいたとき、祐介はかおるに話しかけた。

「なぁ、お前、さっき、もしかしてとか言ってたよな？　何か知ってんのか？」

「逆さ女」

「逆さ女？」

「嘘《うそ》をつく妖怪さ。逆さ女は昔、親に虐待されて嘘ばかりついていたんだ。でもあるとき、嘘がバレて親の虐待がエスカレートしていったんだ。誰も助けてくれなかった逆さ女は、人形を使って家族と近所に住む人たちを呪《のろ》ったんだ……僕が知っているのはここまで。その後どうなったかは知らない」

「ひえ～、怖ぇ話だな」

「あはは、あくまで噂《うわさ》だから。さ！　僕はもう寝るよ。祐兄も寝たほうがいいよ」

「さー寝るぞー、眠たいぞー」

義春は風呂から上がった。しおりはまだ片づけを続けている。先に一人で布団に横になった義春が、ふと横を向くと、逆さまに吊られた女が現れた。

「うわァァァァァヒイイイイ!!　あわわわわ……!!」

「大きな声を出すんじゃない!!　今日ここで私を見たことを誰にも話すんじゃないよ」

「うん……うんうん……」

義春は恐怖で、「うん」と言いながら頷《うなず》くことしかできない。

「よーし、お前は賢い。私はいつでもお前のそばにいる。お前がしゃべらなければ命まで奪うことはない。……いいか、絶対に言うんじゃないぞ、わかったな？」

「……わ……わかりました」

「では、さらばだ……」

逆さ女はシュッと消えた。

義春はいつまでも震えが止まらなかった。

今の恐ろしい体験を誰かに話したかったが、絶対に言うなという女の声が耳から離れない。義春が頭から布団をかぶっていたため、引っ越しで疲れたしおりは夫の異変に気づかず、寝てしまった。

義春は一睡もできないまま朝を迎えた。体の震えは朝になっても止まらなかった。


翌朝、いつも一番先に起きてくる義春が居間にいないのを家族はいぶかしがった。

「あれ？　お父さんは？」

「そうなのよ、下りてこないのよ……」

「オレ、呼んでこようか？」

祐介は二階に上がり、義春の寝室をノックしたが返事はない。

「親父？　返事しろよ!?　入るぜ」

「ううう……」

部屋に入った祐介は、布団をかぶったまま丸くなり、震えている義春を見つけた。

「おい！　親父！　どうした親父？　……何があったんだ⁉　お袋！　親父が布団被ったまんま震えてる」

祐介は叫んだ。

「え？　……お父さんがどうしたって？」

しおりが階段を駆け上がってきた。

「ちょっとあなた、どうしたのよ⁉」

義春は、うぅぅ……とうなるばかりだ。

「ううってだけじゃ、わからないでしょ？」

「引っ越しで無理して、どこか痛めたんじゃないのか？　とにかく今日は仕事、休んだほうがいいんじゃないか？　こんな状態じゃ無理だ……」

「仕事休む？」

しおりが聞いても義春はうなっているだけだ。

ただならぬ気配を感じ、小夜子と広志も二階に上がってきたが、小夜子は出勤時間が、広志もアルバイトの時間が迫ってきたので心配そうな顔をしながら出ていった。

「大丈夫？　あなた。医者に行く？」

「い……いや……いい……」

「それにしてもどうしたんだよ？　親父……相当怖い夢でも見たんだな……」

祐介の高校と、かおるの小学校は休みの期間だ。二人ともゲームをしたり、外に遊びに行く気分ではなく、ぼーっとして父と母を見ているしかなかった。

「私たちがそばにいるから大丈夫よ」

「うわぁぁぁぁ……ヒィィィィ……来るなぁぁぁ……」

義春はおびえきっている。

「あなた！　あなた大丈夫よ、そばにいるから」

「……ヒイイイ……殺さないで、やめてくれぇぇ……」

「こりゃ重症だな」

「コラ祐介！　バカなこと言わないの」

結局、しおりと祐介、かおるは、家の中を片づけながら、義春の様子を見守っているしかなかった。


夕方になり、小夜子と広志が帰ってきた。

「どう？　お父さんの様子は」

「ダメ。ずっと震えてるわ。しばらくは仕事休ませて安静にさせるわ」

「健康そのものの親父が、そこまで墜ちるとはな。猿も木から落ちるもんだなー」

「バカなこと言わないの！」

しおりが広志を睨む。

しおりは二階へ上がり、義春に声をかけた。

「お父さん……夕飯だけど、みんなと一緒に食べられる？」

しおりの言葉には何も反応せず、義春は震えている。

「じゃあ、みんなが食べたあと、持ってくるわね」


食卓では、家族が次々に心配を口にする。

「親父、いったい何があったんだよ？　一日中おびえてんだろ⁉　何か心当たりはねぇのかよ」

広志が聞くが、しおりは何も答えず、考え込んでいる。

「……昨日、家が揺れたよね？　それと何か関係があるんじゃない？」

小夜子が言う。

「でも、あれは地震だって、オヤジ余裕ぶってたぜ……」

「いったい何があったんだろう……」

「お父さん、大丈夫かな」

かおるも心配げに言う。

「まぁ、とにかくみんなで元気づけてあげましょう。冷やかしや軽口は慎んで」

母のひと言に、子供たちは頷く。そして、しおりが義春の分の夕飯を持って二階に上がった。

小夜子、祐介も後に続く。

「あなた？　私よ、入るわよ。夕食を持ってきたわ、食べてちょうだい」

「ううううう、い……いらない」

「ダメよ。少しでも食べるようにしなきゃ」

「い……いらないようぅ……出てってくれようぅぅ……」

「わかったわ、じゃあもう何も食べなくていいから、薬だけ飲んで休んでて」

「うぅぅぅぅぅ……」

義春は布団から出ようともしない。

「どうだった?」

「完全にダメね、しばらくは立ち直れないかも……」

「オヤジ……大丈夫かな⁉」

しおりが再び義春に声をかける。

「薬は必ず飲んで。何かあったら呼んでね……」

「うぅぅぅぅ……」

三人はあきらめて階下へ下りた。


布団の中で義春が震えていると、また逆さ女が現れた。

義春は引きつった顔で息を呑《の》んだ。

逆さ女はニヤリと笑った。

「また逢えたね……」

「ヒイイイィィィ……」

「私に逢ったこと、誰にも言わなかったね、お前は本当に賢い。今日はいいことを教えてあげよう。私に出逢ったことを誰かに話してもいいぞ。逢ったことを話したら、私は、お前の前から消えてやる……」

義春はガクガクと震えている。

「どうだ？　……このまま脅えながら暮らすのは嫌だろう？　逢ったことを話して楽になりたいだろう？」

「うううぅぅぅ……は……はいぃぃ」

「そうだろう？　では、誰かに話すがいい。心配するな。命までは取りはしない……いいか。楽になりたいなら話すんだ。いいな！　また近いうちに、お前の前に現れよう」

「うううぅぅぅ……」

義春は震えながらうなっている。

コンコンコンコンとノックの音がした。

「あなた？　あなた、大丈夫？　入るわよ」

しおりが義春の寝ている横に来た。

「……あなた、大丈夫？　何か変わったことない？　これ、おにぎりだけど、よかったら食べて。大丈夫？」

「ううぅぅぅぅ……うわぁぁぁぁ……」

「あなた！　あなた、大丈夫？　あなた！」

義春の絶叫を聞いた広志と小夜子が慌てて部屋に入ってきた。

「大丈夫かよ⁉」

「お父さん⁉　……大丈夫？」

「あなたたちはもう寝なさい。明日、仕事でしょ。お父さんは私が見てるから」

しばらくすると、義春は気絶するように眠りに落ちた。


翌朝、小夜子、広志、祐介、かおるはそれぞれの寝室からダイニングに入ってきた。

「あれ？　お母さんは？」

「知らねぇーな」

広志が首をかしげる。

「夕べからずっと付きっきりで看病してたみたいだよ」

「お前、よく知ってんな？」

「ちょくちょく様子を見にいってたからね。おかげで眠たい」

かおるは目をこすった。

「変わったことはあったか？」

「特になかった」

「そうか……」

小夜子が時計を見て慌てて言った。

「あ！　私、もう行かなきゃ」

「気をつけてな」

「うん」

しおりが二階から下りてきた。

「あ！　お袋？　……どうだった？　何か変わったことあった？」

「特にないけど、二日続けて寝てないから、ぐっすり寝てるわ……」

義春が眠り続けたまま夕方になり、小夜子が帰ってきた。

「お父さんの様子、どう？」

小夜子は気遣わしげにしおりに聞いた。

「ちょっとは落ち着いたみたい。静かになったわね」

「オヤジにいったい何が起こったんだろう？」

「わからないわ」

二階から義春が下りてきた。

「オ……オヤジ……」

「寝てなくていいの？」

「大丈夫かよ？」

皆が一度に尋ねる。

「メシ……メシくれ……オレにもメシをくれ……」

義春はあえぐように言った。

「ハイハイ、ご飯ね。ちょっと待ってね」

「なぁ？　いったい何があったんだよ？　話してくれよ⁉　俺たちもできる限りのことするからよ」

「……こ……こんなこと言っても、誰も信じちゃくれねぇかもしれねぇけど、い……言う。逆さ……に……逆さになった変な女を見た……」

「え？　なんだ、それ⁉」

「め……目は……目は大きく見開いていて、顔は青白くて、この世の……この世のものとは思えなかった。そして……」

義春がさらに話そうとすると、家の中がガタガタと揺れ始めた。

「じ……地震よ……テーブルの下に隠れて」

しおりが叫ぶ。

皆と一緒にテーブルの下に隠れた義春の両腕がものすごい勢いで引っ張られていく。見えない何かに引き寄せられるように。

「あひゃぁぁぁ……」

義春の両腕は引きちぎられ、血がドバッと吹き出した。

「オヤジ――‼」

「腕が――ッッ腕が――」

義春は絶叫した。

「さ……逆さ女だ‼」

かおるがおびえて言った。

「逆さ女⁉」

「みんな逃げろ――！　早く‼　早く逃げろ――‼　玄関の鍵を開けて早く！　お父さんを先に行かせて！　早くしろ！」

「逃げられると思うか――」

逆さ女がものすごい形相で追いかけてくる。

「ちくしょう、これでも喰《く》らえー！」

かおるは手もとにあったバケツに水を入れて、水をぶっかけた。

「ギャァァアアッッ‼」

逆さ女は目を押さえて悶絶《もんぜつ》した。

「今だ、みんな逃げろ――」

かおるが叫ぶ。

「親父はとにかくできるだけ遠くに逃げろ！」

「痛ぇぇ……痛ぇェよ！　わ……わかった……」

義春は両腕から血を流しながら必死で走った。

祐介とかおるは一緒に走って逃げた。

「やっ、やっぱり逆さ女だ！」

「かおる、なんで……なんでそんなのがいんだよ？　ただの噂じゃなかったのか⁉」

「僕だって実在するなんて思わないよ……」

「何か撃退する方法はないのか？」

「わからないよ、テレビゲームで見ただけだから……とにかく、今は逃げ回るしかない」

「頼りになんねぇな、もう！」

視界の先に家が見えてきた。

「ひとまず、あそこに隠れよう。オヤジは、兄貴たちは大丈夫かな？」

「さあ、わからないよ……」

祐介とかおるが家に入ると、ガタガタガタと家が揺れ出した。

「また家が揺れた？　……まさか⁉」

階段のほうから不気味な足音がした。

「何か来る！　……げっ!!　逆さ女だ――！　逃げろ――」

祐介とかおるは家から飛び出した。

「わー、追いかけてくる！　次だ、次の家へ逃げ込もう！　あの家だ!!　あの家へ入るぞ！」

「ま……まさか⁉」

祐介とかおるが家に入ると、またもや家が揺れ出した。

「待て――!!」

逆さ女が階段を下りてきた。

祐介とかおるは家の外に出てひたすら走った。

「またかよ！　クソったれー!!　なんでドアが開いてて、誰もいねーんだよ――。近所の奴らは、どこへ消えたんだよー」

「わからないよー」

「何か対処法はねぇのかよ」

「わからないよー。ゲームでは、夜な夜な現れて、最初は自分を見た人間に、自分の正体を明かすなと告げるんだけど、二回目から正体を明かせと告げるんだ。そして、その正体を明かしたら、その場で八つ裂きにされる」

「……なんだって⁉」

「ゲームでわかるのはここまで」

「……なんでもっとそれ、みんなに早く言わねぇんだよ⁉」

「実在するなんて、思わなかったんだよ。ゲームの話だったから」

祐介とかおるは、広志と小夜子、しおりを見つけた。

「兄貴！　お母さん、お姉ちゃん」

「おまえら、無事だったか」

「うん、一緒に逃げよう」

「あの逆さの化け物、追いかけてくるー」

「何がどうなってるのよー？　私たちが何をしたって言うのよー……!!」

小夜子はヒステリックに叫ぶ。

「いいから走りなさい！　お父さんを見たでしょう？　やられるわよ」

逆さ女がすごいスピードで近づいてきた。

「き……来た～」

「あ！　あんなところに交番がある」

祐介とかおるはダッシュをかけて、交番に飛び込んだ。

「おまわりさん!!　おまわりさん！　いませんか？　変な怪物に、この世のものとは思えない怪物に追われてるんです」

「やっつけてください。早くしてください！　早く！」

「なんだよ！　騒々しい……」

交番の奥の部屋から老人の警官・冴島《さえじま》が出てきた。七十代くらいに見える。額に変な印が付いている。祐介とかおるはなんだろうと思うものの、窮状を訴えるのが先と言葉を継いだ。

「変な怪物に、逆さになった怪物に追われてるんです」

「怪物？」

「近所の人はいないし、俺たちのオヤジは両腕を切断されたんだ！　その怪物に!!　おまわりさんしかいないんですか？　……電話で……ほかの警察に知らせてください」

「……なぁにを言ってるんだよ。君たちは」

冴島は相手にしてくれない。しおりたちが追いついて交番に駆け込み、同じことを言っても相手にしてもらえない。

「早く、早くしてくれよ！」

「落ち着きなさい、君たち……私の名前は冴島権造《ごんぞう》だ。ずいぶん昔からここに勤めてる」

「そんなことといいから、早く連絡してくれよ！　早く‼」

「わかった、わかったよ、連絡するよ。……372……1108……と……あっ、千代子⁉　ガキたちは今、交番にいるよ。すぐ例の場所に連れてくからね」

「おまわり……さん⁉」

「おい！　……じーさん……⁉」

「動くな。……クックックッ……そう死に急ぐこともなかろう。千代子が来るまでの辛抱だよ」

「千代子？」

「私の義理の娘さ……」

「その千代子って女が来るとどうなるんだよ」

「君たちもいけにえになるんだよ。いけにえになって、この町の伝統を守り続けるんだよ」

祐介とかおるの全身が凍りついた。

「……このじーさん、頭がどうかしてるぜ……」

「どうかしてるのは、お前らのほうだ！　人の家に勝手に入るわ、娘の居場所を奪うわ」

「娘の居場所？」

「とぼけるな！　……人形を引きちぎっただろ」

「……人形を引きちぎったら、どうなんだよ‼」

「うるさい！　とにかく娘のところまで、来てもらおうか？」

「何あれ？」

祐介が指をさした。

「えっ！」

冴島がその方向を見た瞬間、祐介は交番にあった椅子で思い切り冴島を殴りつけた。

「痛ッ！」

冴島はその場にうずくまった。

「今だ！　逃げるぞ！　みんな」

家族は交番を飛び出し、四方に散らばった。祐介とかおるは走りながら声を掛け合った。

「……やっぱり、ゲームで見たとおりになってる」

「何？」

逆さ女が近づきながら叫ぶ。

「見つけたぞ！　待てー‼」

その後に、冴島も続く。年齢には見えない敏捷《びんしょう》さだ。

「逃げられると思うか？　逃がさんぞ！」

しおり、小夜子、広志も必死で逃げていた。

「はぁはぁはぁ……とにかく、この土地から離れるのよ、助けを呼びに行きましょう」

「はぁはぁ……助けを呼びに行くって言ったって、人一人いないいじゃない」

「……でも、逃げ回るしかないじゃない。人が見つかるまで走るしかないわ！　お父さんと祐介とかおるは大丈夫かしら」

「わからないわ！　今は無事を信じるだけ」

「わー！　来る!!　誰か助けてくれー」

逆さ女から逃げながら祐介はかおるに聞いた。

「ゲームで見たとおりになってるって？」

「ハア、ハア、誰も助けてくれなかった逆さ女は、家族や近所の人たちを呪ったってことさ……」

「居場所を奪ったとか言ってたな」

「あの警官は半分操られてるんだよ、逆さ女に！　額に変な印が付いてたでしょ？　近所の家々に入ることや人形を引きちぎることが逆さ女の領域に入ったことになるんだ、たぶん。ハァハァ……」

「ハア、ハア、でもよォ、引きちぎってない、逆さにしてあるだけの家でも、逆さ女が襲ってきてるだろ。それは、なんでだよ？」

「ハア……ハア……引きちぎることによって、その期間を早めてしまうんだよ、恐らく。逆さになってる状態のやつの期間は何日経つと襲ってくるかわからないけどね」

「ハア、ハア、何か対処法はねぇのか⁉」

「ハア、ハア、はっ⁉　……あの警官……例の場所に僕たちを連れていくって言ってたよね？

……ハア、ハア、ハア、例の場所って僕たちが白装束の女の人を見た場所じゃない？　……あそこに行けば、この呪いが解けるかもしれないよ！」

「そうか！　よし！　行ってみるか。ウァー、追いかけてくる。急げ！」

祐介とかおるは白装束の女がいたという小屋に入った。

「人形が逆さにたくさん吊るしてある……」

「扉閉めて。鍵して……」

祐介とかおるはホッとして大きなため息をついた。

「でもやっぱり、白装束の女が逆さ女の本体で、その白装束の千代子って女が、あの警官の娘だったんだよな？」

「たぶん、そうだと思う。この土地に入るたびに入った者をえじきにしていったんだと思う」

ガタガタガタガタ……。

戸を揺らす音がする。

「もう、この場所がバレた！　……おい！　どうすんだよ？」

「今、思い出した。ゲームで人形の向きを変えるところがあった」

「……人形の中で十体だけは、通常の状態と逆さと交互にしてあるな。そして通常の状態に下と書いてあって、逆さの状態に上とこれまた書いてある。おい！　どうすんだよ？」

「わからないよ！　ほかの二十体ぐらいが、全部逆さになってるから、全部、通常の状態にしないといけないのかな⁉」

「こんだけたくさんあるんだぜ！　全部、通常の状態にするヒマなんかもうないぜ」

ガンガンガン。

戸をたたく音がする。

「もう、すぐ外にいる……どうすんだよ！」

「十体の人形だけ、交互にしてある……しかも、上、下と表示まで書いてある。この人形だ！

この人形の表示どおりにすればいいのかも……」

「この表示どおりにすればいいんだな？」

「通常の状態に下と書いてあるほうを下に……逆さの状態に上と書いてあるほうを上に向けよう。

一……二……三……四……」

ガタガタガタガタ……。

戸を揺らす音はさらに大きくなっている。

「いいから早く！」

「七……八……九……十、できた！」

戸を揺らす音が消えた。

「ふぅー助かったぁ……のかな？」

ひと息つくと、再び戸を揺らす音がし始めた。

ガタガタガタガタガタガタガタ!!

「なんでだよ？　収まらないじゃないか！」

「はっ!?　逆さ女は嘘をつく妖怪？　じゃあ人形にも、嘘の意図が込められてる……通常の状態に下と書いてあるほうに上を、逆さの状態に上と書いてあるほうに下を向けよう」

「本当に合ってんのかよ」

「いいから早く！」

ガタガタガタガタ！

ガンガンガンガン!!

戸を揺らす音だけでなく、たたく音もしている。

「通常の状態に下と書いてあるほうを上……と……逆さの状態に上と書いてあるほうを下……通常……逆さ……通常……逆さ……と……できた!!」

ガンガンガンガン。

扉を乱暴にたたく音は続いている。

「……なんで、なんだよ、なんで消えねぇんだよ！」

「おお、千代子！　来たのか？　ガキたちは今、この中にいるよ！」

ザシューザシュー！

奇妙な音がすると思ってのぞいたら、逆さ女は冴島の両腕をものすごい力で引きちぎっていた。

「……ギャヤヤァァァ……手が……手がぁぁッッ!!」

「お前はガキたちに逃げられたね。そのせいで、私の秘密を完全にバラされたじゃないか」

「で……でも……ヒ……ヒントは与えて……あ……あるんだろ」

「……うるさい！　これじゃあいけにえにできないだろ。死ね！」

ズバッ！　ズバッ！　ザシューッ！

逆さ女は冴島の足も引きちぎった。

「ギャァァァー!!」

「警官が殺された！　てめぇの親を殺した！　とんでもねー奴……」

「さぁ！　ガキども、もう逃げられないよ！　私の秘密を知ったからには、生かしちゃおかないよ!!」

「どうすんだよ！」

ガンガンガンガン!!

ものすごい音がする。

「扉が壊れる！　どうすんだよ!!」

「どうするったって、わからないよ。人形をどうやっても消えないんじゃ、どうしようもできない……。そう言えば、見てきた人形はみんな逆さを向いてるよね!?　じゃあ、この十体の人形は逆さを向いてちゃいけない。十体、全部通常の状態にしてみよう！」

ガンガンガンガンガンガンガンガン!!

扉をたたく音はさらに激しさを増している。

「扉が破られる……。兄ちゃん、何か防ぐもの！　扉が破られる」

「防ぐものったって……」

かおるは小屋を見回し、樽《たる》のようなものを見つけ、扉の前まで転がして置いた。

ガタガタガタガタガタガタガタガタ……。

扉を揺する音がしている。

「全部、通常の状態になりゃいいんだよな……逆さを通常……逆さを通常……逆さを通常……と
……よし！　できたぞ」

「ギャヤヤァァァァッッ‼　ギエエエエエッッッッ‼」

「この世のものとは思えない叫び声だな」

祐介は扉の隙間から逆さ女が消えていくのを見た。

「今度こそ大丈夫だろうな？」

「たぶんね」

「根拠がねぇなぁ……」


広志、小夜子、しおりは追いかけてくる逆さ女から必死に逃げていた。

「ぎゃー、助けてー！」

「どこまで追いかけてくるのよー！」

「ギエエエエエッッッ‼」

逆さ女が突然絶叫した。

「……消えていく……」

「ホ……ホントだ……た……助かったァ～……」

「……よかったー……」


祐介とかおるも逆さ女が完全に消えたのを見て、大きく息を吐いた。

「完全に消えたな！」

「助かったんだー……よかったー……」

「お袋たち、どうしたかな？　……この出来事、どう説明する？　……誰も信じちゃくれねぇぜ、きっと……まぁいいや……お袋たちを探しにいこうぜ！」

「そうだね……」

ガララ……。

祐介とかおるが小屋の戸を開けて外に出たとたん、祐介は髪をつかまれ、ザクッと切られた。

「ぎゃぁぁぁぁ……髪の毛が……髪の毛がぁぁ……」

「逆さ女だ！　まだ生きてたんだぁぁぁ!!　……兄ちゃん！　扉を閉めて！　早く!!」

「髪の毛がぁぁぁ！　髪の毛がぁぁぁ!!」

「クソ！」

かおるは悔しそうに小屋の戸を閉めた。

「兄ちゃん！　しっかりして‼　大丈夫だよ！」

「なんで……⁉　なんでまだ生きてんだよ」

「わからないよ……それより……この樽で……扉をふさごう……手伝って……」

「……もう嫌だ……もう動きたくない……」

「しっかりしろ！　兄ちゃん‼　……オレたちまだ生きてるんだから、あきらめちゃダメだよ！

……早く扉をふさいで‼」

「わ……わかったよ……」

「ガキどもめ。生かしては帰さん！」

ドガン‼　ドガン‼

逆さ女はこの世のものとは思えない力で扉をたたいている。

「扉が破られる……」

「こ……殺される……」

「兄ちゃん、あきらめちゃダメだ！　……何か方法があるはずだ！　何か⁉　……兄ちゃん、ちょっとの間、ここを防いでいて。……僕は何かあの化け物を消す方法を見つけるから」

「う……うん！　……わかった……早くしてくれよ！」

……ズガン‼　ズガッ‼

「扉が壊される！　もうダメだ‼」

「ふんばれ、兄ちゃん……何か……何かないか⁉　いい方法は……もしや、この二十体ある人形の中に逆さ女の本体があるんじゃ……」

ガン！　ガン！

執拗に扉はたたかれている。

「まだか？　かおる……まだなのか⁉」

「今探してるよ！　……これでもない……これでもない……あった！　これだ！　『生』って書いてある。もうほかにはないかな……これでもない……これでもない……あった！　今度は『死』って書いてある。もうほかにないかな……よし！　ないな！」

「ヤベェッ、ちょっと扉が壊れ始めた！　まだかよ⁉」

「あー、こんな人形だけじゃダメだ。この人形をどうにかできる道具がないと……道具……最初にこの小屋を見たとき、あの警官は、番号を言ってた……番号はたしか……５２９７４……この数字に合う金庫か何かあるはず……」

ドガッ‼　ドガッ‼

壊された扉の隙間からすさまじい形相の逆さ女が見える。

「マズイ！　もうすぐ入られる……まだか？　……まだなのか⁉」

「ふんばれ、兄ちゃん！　もうちょっとだ‼」

「いつまでかかるんだ？」

「ちょっと待って。金庫、金庫？　……あった、これだ！　５……２９……７４……開いた‼

……ん⁉　杭が二本ある⁉　……この両方にも、『生』と『死』って書いてある。……どっちだ？

どっちをどういうふうに刺せばいいんだ!?」

……ドガシャン！　ガン!!　ドガシャ!!

「扉がヤベェッ！　まだか、かおる」

「どっちだ!?　どっちをどういうふうに刺せばいいんだ」

……ドガッ!!　ドガッシャン!!

「うわぁあ！」

「ガキどもめ……もう逃げられないよ！」

逆さ女はニヤリと笑ったが、次の瞬間、かおるが杭を手にしているのを見て、凍りついた。

「は!?　それはまさか……どうやって金庫を開けたー」

「か……会話を聞いていたのさ……」

「まぁいい……お前たちはここで死ぬんだからな、ヒヒヒヒヒ！」

「そうとばかりは限らないよ!?　アンタの手が届く前に、僕がこの杭を刺す！」

「ククク……その前に私の手が届く」

「試してみる？」

「あ！　何あれ……」

「え！」

逆さ女は祐介が指さした方向を見た。

「今だ！　イチかバチか!?　頼む!!　消えてくれ！」

ザクッ!!　ザクッ!!

かおるは人形に杭をさした。

「ギエエエエエ――ッッ!!　ギャァァァァァァァ――ッッ!!　ギョォォォォオッッ――……」

逆さ女は絶叫とともに消えた。

祐介はその場に尻もちをついた。

「お……終わったァ……た……助かったァァ……」

「ふぅー……良かったァァ……」

「さぁ……みんなのところに戻ろう……」

「そうだね……」

「それにしてもかおる、お前、よく消し方がわかったな」

「いやー、自分なりに考えてやっただけだよ。生って書いてあるほうの杭で、死のほうの人形を刺すと、『生死』ってなるから、生死を彷徨《さまよ》って中途半端に生きるかもしれないから、死って書いてあるほうの杭を持って死って書いてあるほうの人形を刺せば、消えるかもしれないって思っただけ。まさにイチかバチかだったけどね」

「まぁ、何にしても消えてくれて良かったぜ！　……ちくしょう、髪がだいぶ切られちまったぜ」

「ハハハ！　生きてるだけでもよかったと思わないと」

「オレの立場にもなれよ」

「ゴメン！　ゴメン！　……ところで、父さんと母さんたちは無事かな」

「あ！　そうだな……無我夢中で忘れてた」


二人は、まもなく家族の姿を遠くに認めた。

「……おーい、お袋ー！　姉貴ー！」

「兄ちゃーん！」

「祐介たちの声だわ！」

「おーい！　祐介ー、かおるー」

「あっ！　いた!!」

「良かったー！　無事で！　祐介、その頭……」

「逆さ女に切られた」

「怪物は消したよ。きわどかったけど、なんとか消したよ」

「ホントに！　やっぱり祐介とかおるが消してくれたのね。とにかく無事でよかったわ……警察には連絡した？」

「それが、電話が通じないのよー」

「警察以外のところにも電話したんだけど、電話が通じなかった」

「え!?　……じゃあ僕たちは、どこに来てしまったの？」

「……さぁ、わからないわ。とにかく、この町から早く出ましょう」

「あっ！」

「わぁー、びっくりした！」

「お父さんを忘れてた。あれからお父さんどうしたの？　探さなきゃ。一番重傷なのは、お父さんなんだから」

「助けてくれー……！　助けてくれー!!　助けてくれー！　助けてー!!」

「あっ！　お父さん!!」

「助けてー！」

「待てー！」

義春は、まだ逆さ女に追いかけられていた。


（了）

サイレントシャダー見取り図

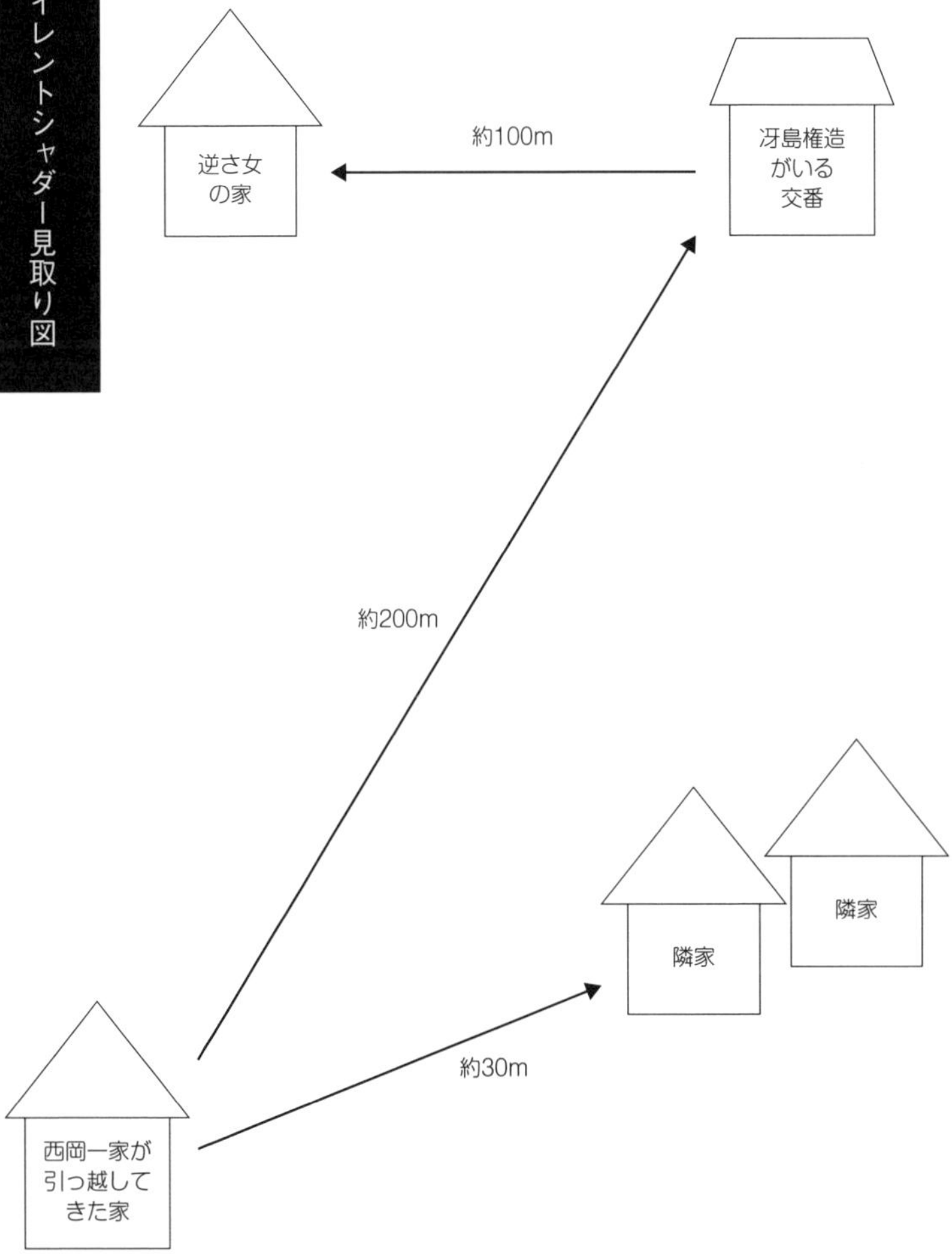

著者プロフィール
梅田 雅樹（うめだ まさき）
愛知県出身、在住。
1983年生まれ。

モラル

2015年12月15日　初版第１刷発行

著　者　梅田 雅樹
発行者　瓜谷 綱延
発行所　株式会社文芸社
〒160-0022　東京都新宿区新宿１－10－１
電話　03-5369-3060（編集）
03-5369-2299（販売）

印刷所　株式会社エーヴィスシステムズ

ISBN978-4-286-16821-0